KB113258

설국

雪国

세계문학전집 **61**

설국

雪国

가와바타 야스나리

유숙자 옮김

민음사

차례

국경[1]의 긴 터널[2]을 빠져나오자, 눈의 고장이었다. 밤의 밑바닥이 하얘졌다. 신호소에 기차가 멈춰 섰다.

건너편 자리에서 처녀가 다가와 시마무라[島村] 앞의 유리창을 열어젖혔다. 차가운 눈 기운이 흘러 들어왔다. 처녀는 창문 가득 몸을 내밀어 멀리 외치듯,

"역장님, 역장님!"

등을 들고 천천히 눈을 밟으며 온 남자는 목도리로 콧등까지 감싸고, 귀는 모자에 달린 털가죽을 내려 덮고 있었다.

벌써 저렇게 추워졌나 하고 시마무라가 밖을 내다보니, 철도의 관사(官舍)인 듯한 가건물이 산기슭에 을씨년스럽게 흩

---

1) 군마현[群馬縣]과 니가타현[新潟縣]의 접경을 말한다. 본문의 '국경'은 모두 이 뜻이다.
2) 군마현과 니가타현을 잇는 시미즈[淸水] 터널을 가리킨다.

어져 있을 뿐, 하얀 눈 빛은 거기까지 채 닿기도 전에 어둠에 삼켜지고 있었다.

"역장님, 저예요, 안녕하셨어요?"

"오, 요코[葉子] 양 아닌가. 이제 돌아오는 게로군. 다시 쌀쌀해졌는걸."

"제 동생이 이번에 여기서 일하게 되었다죠? 폐를 끼치겠네요."

"이런 곳은 얼마 안 가 적적해서 못 견딜 거야. 젊은 사람이 안됐어."

"아직 어린애니까 역장님께서 잘 이끌어 주세요. 정말 부탁드려요."

"염려 말아. 열심히 일하고 있는걸. 앞으로 바빠질 거야. 작년엔 눈이 많이 왔어. 눈사태가 자주 나는 바람에, 기차가 오도 가도 못해서, 마을 사람들도 승객들을 대접하느라 엄청 바빴었지."

"역장님께선 굉장히 두껍게 껴입으셨네요. 동생 편지엔 아직 조끼도 입지 않았다고 쓰여 있던데요."

"난 옷을 네 벌이나 껴입었다네. 젊은이들은 추우면 술만 마셔 댄다니까. 그러고는 저기서 나뒹굴고 있다고, 감기에 걸려서 말야."

역장은 관사 쪽으로 손에 든 등을 흔들어 보였다.

"제 동생도 술을 마시나요?"

"아니."

"역장님, 벌써 돌아가는 길이세요?"

"난 다쳐서 병원에 다니는 중이야."

"어머, 저런!"

일본 옷에 외투 차림인 역장은 추운 데서 나누는 대화를 어서 끝내고 싶은 듯, 곧 뒷모습을 보이며,

"그럼, 조심해서 가요."

"역장님, 제 동생은 지금 나와 있지 않으요?" 요코는 눈 위를 두리번거리며,

"역장님, 동생을 잘 돌봐 주세요. 부탁이에요."

슬프도록 아름다운 목소리였다. 높은 울림이 고스란히 밤의 눈을 통해 메아리쳐 오는 듯했다.

기차가 움직이기 시작했는데도, 그녀는 차창에서 몸을 떼지 않았다. 그러다가 선로 옆을 걷고 있는 역장에게 가까워지자,

"역장님! 이번 휴가 때 집에 다녀가라고 제 동생에게 전해 주세요!"

"알았네!" 역장이 목청을 높였다.

요코는 창문을 닫고, 발그레해진 볼에 두 손을 갖다 댔다.

제설차를 세 대나 갖추고 눈을 기다리는, 국경의 산이었다. 터널 남북으로 눈사태를 알리는 전기 통보선이 연결되었다. 제설 인부 총인원 5000명에 소방대 청년단 총인원 2000명의 출동 준비가 이미 갖추어졌다.

이처럼, 머잖아 눈에 파묻히게 될 철도 신호소에서 요코라는 처녀의 동생이 올 겨울부터 근무하고 있다는 걸 알게 되자, 시마무라는 한층 그녀에게 흥미를 돋우었다.

그러나 여기서 '처녀'라 함은 시마무라에게 그렇게 보였다

는 것일 뿐, 동행한 남자가 그녀와 어떤 사이인지 시마무라로서는 알 리 없었다. 두 사람의 동작은 부부인 듯 보이긴 했지만, 남자는 틀림없는 환자였다. 환자를 상대하다 보면 쉽게 남녀 사이의 거리감이 느슨해지고, 정성껏 보살피면 보살필수록 부부처럼 보이는 법이다. 실제로 자신보다 연상인 남자를 돌보는 여자의 앳된 모성애는 먼발치에서 바라보면 부부로도 여겨질 것이다.

시마무라는 그녀 한 사람만을 따로 떼어서, 그 모습이 전하는 느낌만으로 멋대로 처녀일 거라고 단정했을 뿐이었다. 하지만 여기에는 그가 처녀를 이상한 눈으로 너무나 뚫어지게 지켜본 나머지, 그 자신의 감상이 다분히 보태어진 것인지도 모른다.

벌써 세 시간도 전의 일로, 시마무라는 지루함을 달래기 위해 왼쪽 집게손가락을 이리저리 움직여 바라보며, 결국 이 손가락만이 지금 만나러 가는 여자를 생생하게 기억하고 있군, 좀더 선명하게 떠올리려고 조바심치면 칠수록 붙잡을 길 없이 희미해지는 불확실한 기억 속에서 이 손가락만은 여자의 감촉으로 여전히 젖은 채, 자신을 먼데 있는 여자에게로 끌어당기는 것 같군, 하고 신기하게 생각하면서 코에 대고 냄새를 맡아 보기도 하고 있다가, 문득 그 손가락으로 유리창에 선을 긋자, 거기에 여자의 한쪽 눈이 또렷이 떠오르는 것이었다. 그는 깜짝 놀라 소리를 지를 뻔했다. 그러나 이는 그가 마음을 먼데 두고 있었던 탓으로, 정신을 가다듬고 보니 아무것도 아닌, 그저 건너편 좌석의 여자가 비쳤던 것뿐이었다. 밖은 땅거미가 깔려 있고 기차 안은 불이 밝혀져 있다. 그래서 유리 창이 거울이 된다. 하지만 스팀의 온기에 유리가 완전히 수증 기로 젖어 있어 손가락으로 닦을 때까지 그 거울은 없었다.

처녀의 한쪽 눈만은 참으로 기묘하게 아름다웠으나, 시마 무라는 얼굴을 창에 갖다 대더니 마치 해 질 녘의 풍경을 내 다보려는 여행자인 양 재빨리 표정을 바꾸어 손바닥으로 유 리를 문질렀다.

처녀는 가슴을 약간 기울여 앞에 누워 있는 남자를 한결같 이 내려다보고 있었다. 어깨에 힘이 들어간 것으로 봐서, 다소 매서워 보이는 눈조차 깜박이지 않을 정도로 진지한 자세임 을 알 수 있었다. 남자는 창 쪽으로 머리를 두고 처녀 옆으로 다리를 구부려 올려놓고 있었다. 삼등 객차다. 시마무라의 바 로 옆이 아니라 한 줄 앞 맞은편 좌석이었으므로, 모로 누운 남자의 얼굴은 귀 언저리까지만 거울에 비쳤다.

처녀는 시마무라와 마침 비스듬히 마주하고 있어서 직접 볼 수도 있었지만, 그들이 기차에 올라탔을 때 뭔가 서늘하게 찌르는 듯한 처녀의 아름다움에 놀라 눈을 내리깐 순간, 처녀 의 손을 꼬옥 잡은 남자의 파리하고 누런 손이 보이는 바람 에, 시마무라는 두 번 다시 그쪽으로 눈을 주어서는 안 될 것 같은 느낌이 들었다.

거울 속 남자의 안색은 이제 그저 처녀의 가슴 언저리를 보 고 있어 편안하다는 듯 차분했다. 허약한 체격이 허약하나마 부드러운 조화를 띠고 있었다. 목도리를 베개 삼아 깔고 그걸 코밑까지 끌어당겨 입을 꼭 덮고는 다시 위로 드러난 볼까지 감싸 일종의 볼싸개처럼 되었다. 그것이 더러 헐거워지거나 코를 덮어 버리거나 하면, 남자가 눈을 채 깜박이기도 전에 처녀는 나긋한 손길로 고쳐 주었다. 지켜보는 시마무라가 초조해질 만큼 몇 번이고 똑같은 동작을 두 사람은 무심히 반복하고 있었다. 또 남자의 발을 덮은 외투 자락이 간혹 벌어져 흘러내릴 때도 처녀는 곧바로 알아차리고 매만져 주었다. 이 모든 게 참으로 자연스러웠다. 이렇듯 거리감을 잊은 채 두 사람은 끝없이 먼 길을 가는 사람들처럼 생각될 정도였다. 그 때문에 시마무라는 슬픔을 보고 있다는 괴로움은 없이, 꿈의 요술을 바라보는 듯한 느낌이었다. 신기한 거울 속에서 벌어진 일이었기 때문일 것이다.

거울 속에는 저녁 풍경이 흘렀다. 비쳐지는 것과 비추는 거울이 마치 영화의 이중 노출처럼 움직이고 있었다. 등장인물과 배경은 아무런 상관도 없었다. 게다가 인물은 투명한 허무로, 풍경은 땅거미의 어슴푸레한 흐름으로, 이 두 가지가 서로 어우러지면서 이 세상이 아닌 상징의 세계를 그려내고 있었다. 특히 처녀의 얼굴 한가운데 야산의 등불이 켜졌을 때, 시마무라는 뭐라 형용할 수 없는 아름다움에 가슴이 떨릴 정도였다.

아득히 먼 산 위의 하늘엔 아직 지다 만 노을빛이 아스라하게 남아, 유리창 너머로 보이는 풍경은 먼 곳까지 형체가 사라지지 않았다. 그러나 색채는 이미 다 바래고 말아 어디건 평범한 야산의 모습이 한결 평범하게 보이고 그 무엇도 드러나게 주의를 끌 만한 것이 없는 까닭에, 오히려 뭔가 아련한 커다란 감정의 흐름이 남았다. 이는 물론 처녀의 얼굴이 그 속에 떠올랐기 때문이다. 차창에 비치는 처녀의 윤곽 주위를 끊임없이 저녁 풍경이 움직이고 있어, 처녀의 얼굴도 투명하게 느껴졌다. 그러나 정말로 투명한지 어떤지는, 얼굴 뒤로 줄곧 흐르는 저녁 풍경이 얼굴 앞을 스쳐 지나는 듯한 착각을 일으켜 제대로 확인할 기회가 잡히지 않았다.

기차 안도 그리 밝은 편은 아니었고 진짜 거울처럼 선명하지도 않았다. 반사가 없었다. 그래서 시마무라는 들여다보는 동안, 거울이 있다는 사실을 점차 잊어버리고 저녁 풍경의 흐름 속에 처녀가 떠 있는 듯 여기게 되었다.

바로 그때, 그녀의 얼굴에 등불이 켜졌다. 이 거울의 영상은 창밖의 등불을 끌 만큼 강하지는 않았다. 등불도 영상을 지우지는 못했다. 그렇게 등불은 그녀의 얼굴을 흘러 지나갔다. 그러나 그녀의 얼굴을 빛으로 환히 밝혀 주는 것은 아니었다. 차갑고 먼 불빛이었다. 작은 눈동자 둘레를 확 하고 밝히면서 바로 처녀의 눈과 불빛이 겹쳐진 순간, 그녀의 눈은 저녁 어스름의 물결에 떠 있는 신비스럽고 아름다운 야광충이었다.

이런 모습으로 자신이 보여지고 있다는 것을 요코는 전혀 알 리가 없었다. 그녀는 오로지 환자에게 마음을 빼앗기고 있었는데, 설령 시마무라 쪽을 돌아본다고 해도 유리창에 비치는 자신의 모습은 볼 수도 없고, 창밖을 내다보는 남자 따위에겐 눈길도 주지 않았으리라.

시마무라가 요코를 오래 훔쳐보면서도 그녀에게 실례라는 사실을 잊고 있었던 것은, 저녁 풍경을 담은 거울이 지닌 비현실적인 힘에 사로잡혀 있었기 때문일 것이다.

그래서 그녀가 역장에게 말을 걸고 역시 뭔가 지나치게 진지한 모습을 보였을 때도, 그럴듯한 스토리에 대한 흥미가 앞선 것인지도 모른다.

그 신호소를 지날 무렵, 이미 창에는 어둠뿐이었다. 건너편 풍경의 흐름이 사라지자 거울의 매력도 사라지고 말았다. 요코의 아름다운 얼굴은 여전히 비쳐지고 있었지만, 그 따스한 동작에도 불구하고 시마무라는 그녀 안에서 뭔가 투명한 차가움을 새삼 발견하고 거울이 흐려지는 것을 닦아 내려고도 하지 않았다.

하지만 그러고 나서 30분쯤 뒤, 뜻밖에 요코 일행도 시마무라와 같은 역에서 내렸기 때문에 그는 또 무슨 일이 생기려나 하고 자신과 무슨 상관이라도 있는 듯 뒤돌아보다가, 플랫폼의 한기가 스치자 갑자기 기차 안에서의 무례가 쑥스러워져 서둘러 기관차 앞을 건너갔다.

남자가 요코의 어깨를 붙잡고 선로로 내려서려고 할 때, 이쪽에서 역무원이 손을 들어 올리며 저지했다.

이윽고 어둠 속에서 모습을 드러낸 긴 화물 열차가 두 사람을 가렸다.

손님을 마중 나온 여관 안내인은 화재 현장의 소방수처럼 엄청난 눈 복장이었다. 귀를 감싸고 고무장화를 신고 있었다. 대합실 창문으로 선로를 바라보며 서 있는 여자도 푸른 망토에 두건을 쓰고 있었다.

시마무라는 기차 안의 온기가 채 가시지 않아 바깥의 진짜 추위를 제대로 느끼지 못했으나, 눈 지방의 겨울은 처음이라 이곳 사람들의 옷차림에 우선 압도되고 말았다.

"그런 차림을 해야 할 정도로 추운가?"

"그럼요, 벌써 완전히 겨울 채비인걸요. 눈 온 뒤 날씨가 개기 전날 밤은 특히 추워지죠. 오늘밤은 이 정도라도 아마 영하일 겁니다."

"이 정도가 영하인가?" 하고 시마무라는 처마 끝에 귀엽게 매달린 고드름을 바라보며 여관 안내인과 자동차에 올랐다. 흰 눈 빛에 집집마다 낮은 지붕들이 한층 낮아 보이고, 마을은 고즈넉이 바닥으로 가라앉아 있는 듯했다.

"과연 무얼 만져도 차가운 감촉이 다르군."

"작년엔 영하 이십몇 도인가가 최고로 추웠죠."

"눈은?"

"글쎄요, 보통 일고여덟 자[尺] 정도인데 많을 때는 열두세 자를 넘을 겁니다."

"이제 시작이군."

"시작이죠, 이 눈은 요전에 한 자쯤 내렸다가 꽤 녹은 겁니다."

"녹기도 하나?"

"언제 또 폭설이 내릴지 알 수 없죠."

12월 초순이었다.

시마무라는 좀처럼 떨어지지 않던 감기 기운으로 꽉 막힌

코가 한꺼번에 정수리까지 시원히 뚫리면서, 더러운 것들이 말끔히 씻겨 내리듯 연신 콧물이 흘러나왔다.

"선생님 댁의 그 아가씨는 여태 있는가?"

"그럼요, 있고말고요. 역에 내렸는데 못 보셨는지요? 짙은 푸른색 망토를 입은."

"바로 그 사람이었나? ─ 나중에 부를 수 있으려나."

"오늘밤 말입니까?"

"오늘밤."

"방금 도착한 막차로 선생님의 아드님이 돌아온다며 마중 나와 있던데요."

저녁 풍경이 비친 거울 속에서 요코가 보살펴 주었던 환자는 시마무라가 만나러 온 여자가 사는 집의 아들이었던 것이다.

그렇다는 것을 알자, 자신의 가슴속을 뭔가가 스쳐 지나간 듯 느꼈지만, 이 우연한 만남을 그는 별로 신기하게 여기진 않았다. 신기하게 여기지 않는 자신을 도리어 신기하게 여겼을 정도였다.

손가락으로 기억하는 여자와 눈에 등불이 켜진 여자 사이에 무슨 일이 있는지, 무슨 일이 일어날지, 어쩐지 시마무라는 마음속 어딘가에 보이는 듯한 느낌이다. 아직 저녁 풍경이 비치던 거울에서 덜 깨어난 탓일까. 그 저녁 풍경의 흐름은, 그렇다면 흐르는 시간의 상징이었던가 하고 그는 문득 중얼거렸다.

스키 철을 앞둔 온천장은 손님이 가장 적을 때라, 시마무라가 실내 온천 탕에서 나오자 이미 모두 잠들어 고요했다. 낡은 복도는 그가 발을 디딜 때마다 삐걱거려 유리문이 가늘게 떨었다. 그 기다란 복도 끝 계산대 모퉁이, 차갑게 검은빛으로 번쩍거리는 마루 위에 옷자락을 펼치고 여자가 꼿꼿이 서 있었다.

결국 게이샤[藝者][3]로 나선 게로군 하고 옷자락을 보고 덜컥 놀랐으나, 이쪽으로 걸어오는 기색도 없고 그렇다고 몸가짐을 흐트러뜨리며 맞이하는 교태도 부리지 않는다. 그저 가만히 움직이지 않고 서 있는 모습에서, 그는 먼발치에서도 진지한 뭔가를 알아채고 급히 다가갔으나, 여자 곁에 서서도 말없이 있을 뿐이었다. 여자도 짙게 화장을 한 얼굴로 미소를 지어 보지만 되레 울상이 되고 말아, 아무 말도 않고 둘은 방으로 걸어갔다.

그때 그런 일이 있고서도 편지 한 장 없고, 만나러 오지도 않고, 무용 책을 보내겠다던 약속도 지키지 않아, 여자로서는 가볍게 잊히고 말았다고밖에 생각할 수 없을 테니 먼저 시마무라 쪽에서 사과나 변명을 늘어놓아야 할 순서였지만, 얼굴을 보지 않고 걷는 동안에도 그녀가 그를 나무라기는커녕 온몸으로 그리움을 느끼고 있음을 알자, 그는 더더욱 어떤 이야기를 하건 그 말은 자신이 진실하지 못하다는 울림을 띨 것이라 생각되어 괜시리 그녀에게 기가 죽는 듯한 달콤한 기쁨에 휩싸였다. 계단 밑에 와서야,

---

3) 요정이나 여관 등에서 술자리 시중을 들며 손님의 주문에 따라 노래와 춤으로 좌흥을 돋우는 여자.

"이놈이 당신을 가장 잘 기억해 줬어." 하고 집게손가락만을 세운 왼손 주먹을 불쑥 여자의 눈앞에 내밀었다.

"그래요?" 하고 여자는 그의 손가락을 잡더니 그대로 놓지 않고 손을 잡아끌듯 계단을 올라갔다.

고타쓰[炬燵]4) 앞에서 손을 놓은 그녀는 금방 목덜미까지 발개져서, 이를 얼버무리려 황급히 다시 그의 손을 잡으며,

"이게 기억해 줬어요?"

"오른쪽이 아냐, 이쪽이야." 하고 여자의 손에서 오른손을 빼내 고타쓰에 넣고는 다시 왼쪽 주먹을 내밀었다. 그녀는 시침 뗀 표정으로,

"네, 알아요."

후후, 입술을 다문 채 웃어 보이며 시마무라의 손바닥을 펴 그 위에 얼굴을 포개었다.

"이게 기억해 주었어요?"

"아, 차다. 이렇게 찬 머리카락은 처음인걸."

"도쿄엔 아직 눈 안 와요?"

"당신은 그때, 그렇게 말했어도 그건 역시 틀렸어. 그렇지 않고서야 누가 세밑에 이런 추운 델 찾아오겠나?"

그때는 — 눈사태 위험 시기가 지나 신록의 등산철에 접어

---

4) 나무 틀에 화로를 넣고 그 위에 이불, 포대기 등을 씌운 일본의 실내 난방 장치.

들었을 무렵이었다.

으름덩굴의 새순도 곧 밥상에 오르지 않게 된다.

무위도식하는 시마무라는 자연과 자신에 대한 진지함마저도 잃기 일쑤여서 이를 회복하려면 산이 제일이라고 자주 혼자서 산행을 즐기는데, 그날 밤도 국경의 산들을 돌아다니다가 이레 만에 온천장으로 내려와서 게이샤를 불러 달라고 했다. 그런데 그날은 도로 공사의 낙성 축하 행사로 마을의 누에고치 창고 겸 극장으로 쓰이는 오두막을 연회장으로 사용할 만치 흥청댔다. 열두세 명 정도의 게이샤로는 손이 부족하여 도저히 빠져나오기가 힘들 테지만, 선생님 댁의 아가씨라면 연회를 도우러 갔다 한들 춤 두어 가지만 보여 주고 돌아오니까 어쩌면 와 줄지도 모른다는 것이었다. 시마무라가 되묻자, 샤미센[三味線][5]과 춤을 가르치는 선생님 댁에 있는 아가씨는 게이샤는 아니지만 큰 연회가 있을 경우 더러 부탁받아 가기도 한다, 동기(童妓)[6]가 없고 서서 춤추길 꺼리는 나이 든 게이샤가 많아 아가씨는 귀하게 대접받고 있다, 여관 손님의 객실에 혼자서는 좀처럼 나가지 않지만 완전히 초보라고도 할 수 없다, 대충 이런 식으로 하녀가 설명해 주었다.

묘한 얘기도 다 있다며 대수롭지 않게 여겼는데, 한 시간가량 지나 여자가 하녀를 따라왔을 즈음, 시마무라는 화들짝 놀라 앉음새를 고쳤다. 곧바로 자리를 뜨는 하녀의 소매를 여

---

5) 세 개의 줄이 있는 일본의 전통 현악기.
6) 항교쿠[半玉]. 정식 게이샤가 되기 이전의 상태로, 화대도 절반만 받는다.

자가 붙들어 다시 제자리에 앉혔다.

여자의 인상은 믿기 어려울 만큼 깨끗했다. 발가락 뒤 오목한 곳까지 깨끗할 것이라고 생각했다.

초여름 산들을 둘러보아 온 자신의 눈 때문인가 하고 시마무라가 의심했을 정도였다.

옷매무새에 어딘가 게이샤를 닮은 구석이 있었으나 물론 옷자락은 끌리지 않았고 부드러운 홑옷을 오히려 단정히 입고 있는 편이었다. 오비[帶]⁷⁾만 어색하게 비싼 것을 매고 있어 도리어 왠지 애처롭게 보였다.

산 이야기가 시작되는 기회를 보아 하녀가 일어나 나갔는데, 여자는 이 마을에서 내려다보이는 산 이름들을 제대로 알지 못했다. 시마무라가 술 마실 기분도 내키지 않아 그냥 있자니, 여자는 역시 자신이 태어난 곳은 이 눈 지방이며, 도쿄에서 동기로 있을 때 몸값을 치르고 나와 장차 일본 무용 선생으로 성공할 작정이었는데 겨우 1년 6개월 만에 남편이 죽고 말았다고 의외로 솔직히 이야기했다. 하지만 그가 죽고 나서부터 지금까지야말로 어쩌면 그녀의 진짜 신상 이야기일지도 모르는데, 그러나 이것만은 쉽사리 털어놓을 성싶지 않았다. 열아홉 살이라 했다. 거짓이 아니라면 이 열아홉이 스물한둘 정도로 보이는 데에 시마무라가 그제야 여유를 얻어 가부키[歌舞伎]⁸⁾ 등의 이야기를 꺼내자, 여자는 배우의 연기나 소식

---

7) 기모노 위에 매는 허리띠.
8) 일본의 전통극.

에 그보다 더 정통해 있었다. 이런 이야기 상대에 목말랐던 듯 정신없이 떠들고 있는 사이, 화류계 출신 여자다운 친숙함을 띠기 시작했다. 남자의 마음을 얼추 들여다보고 있는 것 같기도 했다. 그럼에도 그는 애초에 상대방을 초보자로 생각했고 일주일 이상을 이렇다 할 말 상대도 없이 지낸 뒤인지라, 사람 그리운 심정이 훈훈하게 넘쳐 여자에게 우선 우정 비슷한 것을 느꼈다. 산행의 감상이 여자에게까지 꼬리를 늘어뜨렸다.

다음 날 오후, 여자는 목욕 도구를 복도 밖에 놓아두고 그의 방으로 놀러 왔다.

그녀가 채 앉기도 전에 그는 느닷없이 게이샤를 소개해 달라고 말했다.

"소개라고요?"

"알잖아."

"싫어요. 전 이런 부탁을 받으리라곤 꿈에도 생각 못 한걸요." 여자는 뾰로통해져서 창으로 다가가 국경의 산들을 내다보다가, 금세 볼을 붉히며,

"여긴 그런 사람 없어요."

"거짓말."

"정말이에요." 하고 휙 몸을 돌려 창턱에 걸터앉더니,

"절대로 강요하진 않아요. 모든 게 게이샤의 자유니까요. 여관에서도 그런 소개는 일절 않죠. 정말이라니까요. 누굴 불러 직접 얘기해 보면 아실 거예요."

"당신이 부탁해 줘."

"어째서 제가 이런 일을 해야 하는 거죠?"

"친구라고 생각해서야. 친구 사이로 남고 싶으니까 당신에겐 요구하지 않는 거라고."

"그게 친구라는 건가요?" 하고 여자는 곧이곧대로 순진하게 묻고 나서, 다시 내뱉듯이,

"대단하시군요. 그런 부탁을 제게 거침없이 다 하시다니."

"어려울 게 뭐 있나? 산에서 몸은 좋아졌어. 머리가 개운치 않아. 당신과도 산뜻한 기분으로 이야길 나눌 수가 없다고."

여자는 눈을 내리깔고 말이 없었다. 이렇게 되면 시마무라가 거의 남자의 뻔뻔스러움을 남김없이 드러낸 셈인데도, 이를 기꺼이 이해하고 수긍하는 습성이 여자의 몸에 밴 것 같았다. 내리깐 눈은 짙은 속눈썹 탓일까, 살포시 따사롭게 요염해지는 것을 시마무라가 바라보는 사이, 여자의 얼굴이 잠깐 좌우로 흔들렸다가 다시 발그레해졌다.

"마음에 드는 이를 부르세요."

"그걸 당신한테 묻고 있는 거야. 처음 와 본 곳이라 누가 예쁜지도 모르고."

"예쁘다는 건……."

"어린 사람이 좋아. 어린 편이 무슨 일이건 실수가 적겠지. 시끄럽게 떠들지 않고 약간 멍청해도 때 묻지 않은 쪽이 좋아. 얘기하고 싶을 땐 당신하고 하겠어."

"전 이제 안 와요."

"바보 같긴."

"글쎄 안 와요. 뭣하러 오죠?"

"당신과 산뜻하게 사귀고 싶어서 당신에겐 요구하지 않는

거야."

"기가 막혀."

"혹 그런 일이 생긴다면 내일 당장 당신 얼굴을 보기 싫어질지도 몰라. 얘기할 마음도 내키지 않을 거야. 산에서 내려와 모처럼 사람이 그리워진 참이라 당신에겐 요구하지 않는 거라고. 생각해 봐, 나는 여행자 아니냐고."

"네, 정말 그래요."

"것 봐, 당신도 당신이 싫어하는 여자라면 나중에 다시 만나기조차 거북하겠지만, 스스로 골라 준 여자라면 그래도 좀 나을 테지."

"몰라요!" 하고 강하게 쏘아붙이며 고개를 돌렸으나,

"하긴 그렇죠."

"무슨 일이 있으면 끝장이야. 싱겁게 돼 버려. 오래갈 리 없다고."

"그래요, 정말이지 모두들 그래요. 제 고향은 항구예요, 여긴 온천장이고."라며 여자는 의외로 솔직하게,

"손님은 대개 여행객들이죠. 전 아직 어리지만 여러 사람들 이야길 들어 봐도, 마냥 좋아서 그땐 좋아한다는 말도 못 한 사람이 늘 그리워져요. 못 잊는 거죠. 헤어진 후엔 그런가 봐요. 상대편에서도 기억해 주고 편지를 보내는 이는 대체로 그런 말들을 해요."

여자는 창턱에서 일어나 이번엔 창 밑의 다다미 바닥에 다소곳이 앉았다. 지나간 날들을 회상하는 듯하더니, 어느 틈에 시마무라 곁으로 다가앉아 새침한 표정을 띠었다.

여자의 목소리에 너무나 실감이 넘쳐, 시마무라는 수월케 여자를 속였구나 하고 도리어 뒤가 켕길 정도였다.

그러나 그는 거짓말을 한 것이 아니었다. 여자는 어쨌건 초보다. 그는 이 여자에게 요구하기보다 양심의 가책 없이 가벼운 마음으로 끝낼 수 있는 여자를 원했다. 그녀는 너무 깨끗했다. 처음 보았을 때부터 그것과 그녀를 별개의 것으로 생각했다.

더욱이 그는 여름 피서지를 어디로 할까 망설이고 있던 터라, 이 온천 마을로 가족을 데리고 올까도 생각했다. 그렇게 하면 여자는 다행히 초보라, 아내에게도 좋은 말동무가 될 수 있을 것이고 심심풀이로 춤도 배울 수 있으리라. 진심으로 그렇게 생각했다. 여자에게 우정 같은 것을 느꼈다 해도 그는 이미 이 정도의 여울을 건너고 있었다.

물론 여기엔 시마무라가 본 저녁 풍경 거울이 작용했을 것이다. 방금 들은 대로 신상이 애매한 여자의 뒤탈을 꺼려서가 아니라, 해거름의 기차 유리창에 비친 여자의 얼굴처럼 비현실적인 눈으로 보고 있었는지도 모른다.

그의 서양 무용 취미를 봐도 그랬다. 시마무라는 도쿄의 변두리에서 자라 어릴 때부터 가부키 극을 자주 보았는데, 학생 시절엔 취향이 춤이나 가부키 무용 쪽으로 기울어 한번 시작하면 끝을 보고 마는 그의 성미 탓에 옛 문헌을 뒤적이고 원조를 일일이 찾아다니는 동안, 마침내 일본 무용계의 신인으로 알려져 연구나 비평 투의 글을 발표하기에 이르렀다. 그래서 아직 깨어나지 못한 일본 춤의 전통이나 새로운 시도가 보이는 독단적 경향에 대해 당연히 노골적인 불만을 품은 나머지, 이렇게 된 이상 자신이 직접 운동에 뛰어드는 수밖에 없다는 생각에 사로잡혔다. 그러나 일본 춤의 신진들로부터도 그런 권유를 받게 되었을 즈음, 돌연 그는 서양 무용 쪽으로 자리를 옮겨 앉았다. 일본 춤은 거의 보지 않게 되었다. 대신 서양 무용에 관한 서적들과 사진을 수집하거나 포스터며 프로그램 등을 고생스레 외국에서 들여왔다. 이국적인 것, 미지의 것에 대한 호기심만 있었던 것은 결코 아니다. 여기서 새로 발견해 낸 기쁨은 눈으로 서양인의 춤을 볼 수 없다는 데에 있었다. 시마무라가 일본인의 서양 무용은 아예 거들떠보지도 않은 것이 그 증거다. 서양의 인쇄물에 의지하여 서양 무용에 대해 글을 쓰는 것만큼 편한 일은 없었다. 보지 못한 무용은 이 세상에 존재하지 않는 이야기나 마찬가지다. 이보다 더한 탁상공론이 없고 거의 천국의 시(詩)에 가깝다. 연구라 해도 무용가의 살아 움직이는 육체가 춤추는 예술을 감상하는 것이 아니라, 제멋대로의 상상으로 서양의 언어나 사진에서 떠오르는 그 자신의 공상이 춤추는 환영을 감상하는 것이다. 겪어 보지 못한 사랑에 동경심을 품는 것과 흡사하다. 그런데도 가끔 서양 무용 소개 따위를 쓴답시고 문필가의 말단에 끼였고, 그런 자신을 스스로 냉소하면서도 이렇다 할 직업이 없는 그에게 심리적 위안이 되는 면도 없지 않았다.

이러한 그의 일본 춤 이야기가 여자로 하여금 그에게 친밀감을 느끼게 하는 데 도움을 준 것은 그의 지식이 모처럼 현실적으로 쓸모가 있었다고나 해야 할 처지였지만, 역시 시마무라는 자신도 모르게 여자를 서양 무용처럼 다루고 있었는지도 몰랐다.

따라서 자신의 무덤덤한 여수(旅愁) 어린 한마디가 여자의 생활 한가운데 급소를 찔렀다고 느끼자, 여자를 속이고 말았군 하고 뒤가 켕길 정도였는데,

"그렇게 되면 이다음에 내가 가족을 데리고 오더라도 당신과 기분 좋게 놀 수 있겠지."

"네, 그건 이제 충분히 알았어요." 여자는 목소리를 가라앉혀 미소 짓고 다소 게이샤처럼 기분이 들떠,

"저도 그런 편이 좋아요, 산뜻한 게 오래가죠."

"그러니까 불러 달라고."

"지금?"

"응."

"놀랍군요. 이런 대낮에 그런 말씀을 하시다니."

"찌꺼기가 남는 건 싫어."

"어머, 어떻게 그런 말을. 이곳을 막벌이 온천장쯤으로 오해하신 모양인데, 마을의 분위기를 보고서도 모르시나 봐." 하고 여자는 너무나 뜻밖이라는 듯 심각한 말투로, 여기엔 그런 여자가 없음을 거듭 역설했다. 시마무라가 미심쩍어하자 여자는 정색을 하면서도 한 발 물러나, 그건 어떻게 하건 게이샤의 자유다, 단지 주인에게 미리 알리지 않고 숙박할 때는 게이샤의 책임이라 어찌되건 알 바 아니나, 주인에게 미리 알려 두기만 하면 포주의 책임으로 끝까지 뒤를 봐주는 것이 다를 뿐이다, 라고 했다.

"책임이라니?"

"아이가 생기거나 몸이 아프거나 하는 거죠."

시마무라는 자신의 아둔한 질문에 쓴웃음을 지으며, 이처럼 태평스런 대화가 이 산촌에는 있을 법도 하다고 생각했다.

무위도식하는 그는 자연과의 보호색을 추구하는 심리가 있어서인지 여행지의 인심에 본능적으로 민감했다. 산에서 내려오자마자 이 동네의 너무나 조촐한 풍경이 지닌 한가로움을 발견하고 여관에서 물어보니, 과연 이 눈 지방에서도 가장 살기 좋은 마을 가운데 하나라는 것이었다. 요 근래 철도가 개통되기 전까지는 주로 농가 사람들의 탕치장(湯治場)[9]이었다고 한다. 게이샤가 있는 집은 요릿집이든 팥죽집이든 색 바랜 포렴을 내걸었는데, 고풍스러운 장지문이 그을린 흔적을 보노라니 이래도 손님이 드는가 싶고, 또한 일용 잡화점이나 막과자점에도 게이샤를 단 한 사람만 둔 곳이 있어 그 주인은 점포 말고도 논밭에서 일을 하는 모양이었다. 선생님 댁의 아가씨라는 이유도 있겠으나 게이샤 허가증이 없는 아가씨가 어쩌다 연회 같은 데에 도와주러 나온들 이를 나무라는 게이샤는 없을 것이다.

"한데, 몇 명쯤 있나?"

"게이샤 말인가요? 열두세 명쯤."

"어떤 이가 좋아?" 하고 시마무라가 일어나 벨을 누르자,

"전 가도 되죠?"

---

9) 온천욕으로 병을 고치는 곳.

"당신이 가 버리면 안 되지."

"싫어요." 하고 여자는 굴욕감을 떨쳐 내듯이,

"갈래요. 괜찮아요, 이상하게 생각지 않을 테니까. 다시 오겠어요."

그러나 하녀를 보더니 아무렇지 않은 듯 앉음새를 고쳤다. 하녀가 누굴 부를지 몇 번이나 물었지만 여자는 이름을 대지 않았다.

하지만 잠시 후 들어온 열예닐곱의 게이샤를 한눈에 보자마자, 시마무라가 산에서 마을로 들어올 때 품었던 여자에 대한 욕구는 싱겁게 사라지고 말았다. 피부가 거무스름한 팔뚝이 부드러운 맛은 없어도 어딘가 앳되고 착해 보이길래 애써 심드렁해진 낯을 보이지 않으려 게이샤 쪽을 향했지만, 실은 그 뒤에 있는 창문으로 신록의 산 풍경들만 눈에 들어올 뿐이었다. 뭔가를 말하기조차 귀찮아졌다. 전형적인 산골 게이샤였다. 시마무라가 짓는 뚱한 표정에 여자가 알아차렸다는 듯 아무 말 없이 일어나 가 버리고 나자, 한층 분위기가 멋쩍어졌다. 그래도 이미 한 시간이 지났고 하니 어떻게든 게이샤를 돌려보낼 방도는 없을까 생각하다가 전신환이 와 있다는 것을 떠올리고 우체국 시간을 빌미로 게이샤와 함께 방을 나왔다.

그러나 시마무라는 여관 현관에서 어린 이파리들의 짙은 내음이 훅 끼치는 뒷산을 쳐다보고, 마치 이끌린 듯이 허겁지겁 올라갔다.

뭐가 우스운지 혼자 웃음이 그치지 않았다.

적당히 피로해졌을 무렵, 문득 방향을 바꾸고는 유카타[浴

衣]¹⁰⁾ 자락을 걷어 올려 한달음에 뛰어 내려오자, 발밑에서 노랑 나비가 두 마리 날아올랐다.

나비는 서로 뒤엉키면서 마침내 국경의 산들보다 더 높이, 노란빛이 희게 보일 때까지 아득해졌다.

"어떻게 된 거예요?"

여자가 삼나무 숲 그늘에 서 있었다.

"즐거운 듯이 웃고 계시네요."

"관뒀어." 하고 시마무라는 다시 까닭 모를 웃음이 튀어나와,

"관뒀다고."

"그래요?"

여자는 고개를 돌려 삼나무 숲속으로 천천히 들어갔다. 그도 말없이 따라 들어갔다.

신사(神社)였다. 이끼 낀 돌사자 상(像) 옆 평평한 바위에 여자가 걸터앉았다.

"여기가 제일 시원해요. 한여름에도 바람이 선선해요."

"이곳 게이샤는 모두 그런가?"

"비슷비슷해요. 나이 든 이로는 예쁜 사람도 있죠." 하고 머리를 숙여 쌀쌀맞게 대답했다. 그 목덜미에 삼나무 숲의 어두운 푸른빛이 감도는 것 같았다.

시마무라는 삼나무 가지를 올려다보았다.

"상관없어. 몸에서 힘이 쭉 빠지는 게 우스울 정도야."

그 삼나무는 손을 뒤로해서 바위를 짚고 가슴을 젖히지 않

---

10) 여름철이나 목욕을 한 후에 입는 홑옷.

고서는 눈에 다 들어오지 않을 만큼 키가 컸고, 게다가 너무나 일직선으로 줄기가 뻗어 짙은 잎이 하늘을 가로막는 바람에 막막한 정적이 울릴 듯했다. 시마무라가 등을 기댄 줄기는 그중 가장 해묵은 것이었는데 어찌된 셈인지 북쪽으로 난 가지만이 윗부분까지 모조리 메말랐고 그나마 남아 있는 밑둥은 뾰족한 말뚝을 거꾸로 줄기에 갖다 붙인 듯해, 어쩐지 무서운 신(神)의 무기처럼 보였다.

"내가 잘못 생각했나 봐. 산에서 내려와 제일 먼저 본 게 당신이었으니 이곳 게이샤는 예쁜가 보다고 지레짐작했던 것 같아." 하고 웃으며, 일주일 정도 머문 산에서의 건강을 쉽사리 씻어 내자고 마음먹은 것도 실은 처음부터 이 깨끗한 여자를 보고 말았기 때문인가 싶어 시마무라는 이제야 짐작이 갔다.

멀리 석양에 반짝이는 강물을 여자는 물끄러미 바라보고 있었다. 무얼 해야 할지 심심해졌다.

"어머, 잊고 있었네, 담배 말이에요." 하고 여자는 애써 명랑하게,

"아까 방으로 가 봤더니 벌써 안 계시더군요. 어떻게 된 걸까 생각하다가 대단한 기세로 혼자 산을 오르시는 걸 봤죠. 창으로 보였는데 우스웠어요. 담배를 잊고 나가셨길래 가져온 거예요."

그러고는 그의 담배를 소맷부리에서 꺼내 성냥을 그었다.

"그 애한텐 좀 미안하게 됐어."

"그야, 손님 마음대로잖아요, 언제 내보내건."

자갈 많은 강물 소리만이 감미롭게 들려왔다. 삼나무 사이

로 건너편 산골짜기에 그늘이 지는 것이 보였다.

"당신만 한 여자가 아니면 나중에 당신을 만났을 때 허탈해
질 게 아닌가."

"알 바 아녜요. 억지도 심하시네." 여자는 대뜸 토라져 놀려
대는 투로 말했지만, 게이샤를 부르기 전과는 완전히 다른 감
정이 둘 사이에 흐르고 있었다.

애당초 오직 이 여자를 원하고 있었음에도 여느 때처럼 굳
이 먼 길을 빙빙 돌았다고 분명히 깨닫자, 시마무라는 자신이
싫어지는 한편 여자가 더없이 아름답게 보였다. 삼나무 숲 그
늘에서 그를 부른 이후, 여자는 어딘가 탁 트인 듯 서늘한 모
습이었다.

가늘고 높은 코가 약간 쓸쓸해 보이긴 해도 그 아래 조그
맣게 오므린 입술은 실로 아름다운 거머리가 움직이듯 매끄
럽게 펴졌다 줄었다 했다. 다물고 있을 때조차 움직이는 듯한
느낌을 주어 만약 주름이 있거나 색이 나쁘면 불결하게 보일
텐데 그렇진 않고, 촉촉하게 윤기가 돌았다. 눈꼬리가 치켜 올
라가지도 처지지도 않아 일부러 곧게 그린 듯한 눈은 뭔가 어
색한 감이 있지만, 짧은 털이 가득 돋아난 흘러내리는 눈썹이
이를 알맞게 감싸 주고 있었다. 다소 콧날이 오똑한 둥근 얼
굴은 그저 평범한 윤곽이지만 마치 순백의 도자기에 엷은 분
홍빛 붓을 살짝 갖다 댄 듯한 살결에다, 목덜미도 아직 가냘
퍼, 미인이라기보다는 우선 깨끗했다.

접대부로도 나간 적 있는 여자치고는 약간 새가슴이었다.

"보세요, 어느새 이렇게 파리매들이 모여들었어요." 하고 여

자는 옷자락을 털며 일어났다.

이대로 정적에 잠겨 있다가는 둘의 얼굴이 무료해서 어색해질 뿐이었다.

그러고 나서 그날 밤 10시경이었을까. 여자가 복도에서 큰소리로 시마무라의 이름을 부르며 풀썩 내던져진 듯이 그의 방으로 들어왔다. 다짜고짜 책상에 무너지듯 기대어 그 위에 놓인 것들을 취한 손놀림으로 마구 흐트러뜨리더니 벌컥벌컥 물을 마셔 댔다.

올 겨울 스키장에서 알게 된 남자들이 저녁 무렵 산을 넘어 이곳에 온 것을 우연히 만났다고 했다. 그들에게 이끌려 여관에 들렀다가 게이샤를 불러 한바탕 놀며 실컷 마시게 되었다는 것이었다.

머리를 제대로 가누지도 못하면서 혼자 두서없이 횡설수설하고 나서,

"그이들한테 미안하니까 갔다 오겠어요. 어딜 갔나 찾고 있을걸요. 이따가 또 올게요." 하고 비틀거리며 나갔다.

한 시간쯤 지나 다시 기다란 복도에 어지러운 발소리가 들리고 여기저기 맞부딪히거나 자빠지면서 오는 듯싶더니,

"시마무라 씨! 시마무라 씨!" 하고 새된 소리로 외쳤다.

"아아, 안 보여. 시마무라 씨!"

바로 여자의 벌거벗은 마음이 자신의 남자를 부르는 소리임에 틀림없었다. 시마무라는 뜻밖이었다. 그러나 여관 전체에 울릴 만큼 높고 날카로운 목소리에 당황해 일어서자, 여자는 장지문 종이가 찢기도록 문살을 움켜잡으며 그대로 시마무라

의 품에 맥없이 쓰러졌다.

"아아, 있었군요."

여자는 그와 뒤엉켜 앉아 몸을 기댔다.

"취하지 않았어요. 그럼요, 취하다뇨. 괴로워요, 괴로울 뿐이에요. 정신은 말짱해요. 아아, 물 마시고 싶어. 위스키를 섞어 마신 게 탈이에요. 머리가 띵하고 아파요. 그이들이 싸구려를 사 온 걸 그것도 모르고."라며 손바닥으로 연신 얼굴을 문질러 댔다.

밖엔 빗소리가 갑자기 요란해졌다.

잠시라도 팔을 늦추면 여자는 늘어지고 말았다. 여자의 머리 모양이 그의 뺨에서 일그러질 정도로 목을 껴안은 탓에 손은 품속에 있었다.

그가 묻는 말에는 대답 않고 여자는 양팔을 빗장처럼 지른 채, 그가 요구하는 것 위를 눌렀는데 술 기운으로 힘이 모자라는지,

"뭐야, 이건, 짜증나게. 아, 나른해, 이따윈." 하고 돌연 자신의 팔꿈치를 덥석 물었다.

깜짝 놀란 그가 떼 놓으니, 이빨 자국이 깊게 나 있었다.

그러나 여자는 이제 그의 손바닥에 몸을 맡기고 그대로 낙서를 시작했다. 좋아하는 사람의 이름을 써 보여 주겠다면서 연극배우며 영화배우 들의 이름을 이삼십 개 남짓 늘어놓고 나서, 이번에는 시마무라라고만 무수히 적어 나갔다.

시마무라의 손바닥 안에서 기특한 젖가슴이 점점 뜨거워졌다.

"아아, 이젠 마음이 놓이는군. 안심했어."라고 그는 부드럽게 말하며 어머니다운 느낌마저 맛보았다.

여자는 갑자기 다시 고통스러워하며 몸을 버둥대고 일어나더니 방 저쪽 구석에 엎드리고 말았다.

"이럼 안 돼, 안 돼. 가야지, 가야지."

"제대로 걸을 수도 없을걸. 이렇게 비가 쏟아지는데."

"맨발로 갈래요. 기어서라도 가요."

"위험해. 굳이 간다면 배웅해 주지."

여관은 험하게 비탈진 언덕 위에 서 있다.

"오비를 좀 풀든지, 잠깐 누워 술을 깨는 게 좋을 텐데."

"그건 안 돼요. 이렇게 하면 돼요, 익숙한걸요." 하고 여자는 몸을 곧추세우고 앉아 가슴을 폈지만 숨쉬기가 힘들어질 뿐이었다. 창을 열고 토하려 해도 나오지 않았다. 이리저리 제멋대로 나뒹굴고 싶은 것을 억지로 꾹 참고 있다가 이따금 의지를 강하게 끌어모은 듯, 가겠어요, 가겠어요, 라고 되풀이하는 사이, 어느새 새벽 2시가 지났다.

"당신은 주무세요. 자아, 주무시라니까."

"당신은 어떡할 건데?"

"이러고 있음 돼요. 좀 깨면 가겠어요. 날 밝기 전엔 갈 거예요." 하고 무릎걸음으로 다가와선 시마무라를 잡아당겼다.

"전 상관 말고 주무시라는데도."

시마무라가 이부자리에 눕자 여자는 책상에 엎어져 물을 마시더니,

"일어나요. 이봐요, 일어나라니까."

"도대체 어쩌라는 거야?"

"역시 주무시고 계세요."

"무슨 소릴 하는 거야!" 하고 시마무라는 일어나 앉았다.

여자를 끌다시피 데려갔다.

마침내 얼굴을 이리저리 돌리며 보이지 않으려 하던 여자가 갑자기 입술을 쑥 내밀었다.

그러나 그런 후에도 오히려 고통을 호소하는 헛소리인 양,

"안 돼, 이럼 안 돼. 친구 사이로 있자고 당신이 말씀하시잖았어요."를 몇 번이고 거듭 되뇌었다.

시마무라는 이 진지한 울림에 감동받아, 이마에 주름이 지고 얼굴을 찡그리며 힘껏 자신을 억제하는 강한 의지에는 그만 싱겁게 흥이 깨어질 정도라, 여자와의 약속을 지킬까도 생각했다.

"전 아무것도 아깝진 않아요. 전혀 아까운 건 아녜요. 하지만 그런 여자는 아냐. 전 그런 여자가 아니에요. 틀림없이 오래갈 리 없다고 당신이 먼저 말했잖아요."

온통 술 기운에 휩싸여 있었다.

"제가 나쁜 게 아녜요, 당신이 나빠요. 당신이 진 거예요. 당신이 약한 거죠. 제가 아니에요."라고 중얼거리며 희열을 나타내지 않으려 소맷자락을 물었다.

잠시 넋이 나간 듯 조용히 있다가 불쑥 생각나 내지르듯,

"당신 비웃고 있죠. 절 비웃는 거죠."

"그렇지 않아."

"마음속으로 비웃겠죠. 지금 비웃지 않더라도 나중에 꼭 비

웃을 거예요." 하고 여자는 폭 엎드려 훌쩍거리기 시작했다.

하지만 이내 울음을 그치고 자신을 내맡기듯 부드러운 어조로 상냥하게 신상 이야기 등을 자세히 들려주었다. 술 기운으로 인한 고통은 까맣게 사라진 모양이었다. 방금 있은 일에 대해선 한마디도 하지 않았다.

"어머, 이야기에 정신 파느라 깜빡했어요." 하고 이번엔 살짝 미소를 짓기도 했다.

날이 밝기 전에 돌아가야겠다고 말하고,

"아직 어둡네요. 이곳 사람들은 아침이 빨라요."라며 몇 번이고 일어나 창을 열어 보았다.

"아직 사람들 얼굴은 보이지 않네요. 오늘 아침은 비가 와서 아무도 논에 나가지 않으니까요."

빗속으로 건너편 산이나 산기슭의 지붕 모습이 드러나기 시작해도 여자는 쉽게 자리를 뜨지 못하고 망설이다가 여관 사람들이 일어나기 전에 머리를 매만지고 나서, 시마무라가 현관까지 배웅하겠다는 것도 사람 눈에 띨까 사양하고는 허둥대며 도망치듯 혼자 빠져나갔다. 그리고 그날 시마무라는 도쿄로 돌아갔던 것이다.

"당신은 그때, 그렇게 말했어도 그건 역시 틀렸어. 그렇지 않고서야 누가 세밑에 이런 추운 델 찾아오겠나? 나중에 비웃거나 하지도 않았다고."

여자가 살포시 얼굴을 들자, 시마무라의 손바닥에 맞대고 있던 눈꺼풀에서 코 양쪽까지 발개진 것이 짙은 분 화장 밑으로 비쳐 보였다. 그 모습은 이 눈 지방의 추운 밤을 떠올리게 하는 동시에 까만 머리 빛깔이 하도 강한 나머지 따스하게 느껴졌다.

얼굴엔 눈부시게 가득 미소를 머금고 있었으나, 그러면서도 '그때'를 회상하는지 마치 시마무라의 말이 그녀의 몸을 서서히 물들여 가는 듯했다. 여자가 샐쭉해서 고개를 숙이자, 목덜미가 훤히 드러나고 등줄기까지 붉어진 것이 보여 흠뻑 젖은 알몸을 고스란히 내놓은 것 같았다. 새카만 머리색 때문에 더욱 그렇게 여겨졌는지도 모른다. 앞머리가 촘촘하게 숱이 많은 것도 아닌데 머리카락이 남자들처럼 굵고 귀밑머리가 거의 없어 뭔가 시커먼 광석이 지닌 묵직한 빛이었다.

아까 손으로 만져 보고 이렇게 찬 머리카락은 처음이라며 깜짝 놀란 것도 찬 공기 탓이 아니라 바로 이 머리 때문이었던가 하는 생각이 들었다. 시마무라가 새삼 바라보고 있자니, 여자는 고타쓰 탁자 위에서 손가락을 꼽고 있었다. 좀처럼 끝나지 않는다.

"무얼 세는 거지?" 하고 물어도 잠자코 한동안 계속 손가락을 꼽았다.

"5월 23일이었죠?"

"음, 날짜를 세고 있었군. 7, 8월은 내리 큰달이야."

"아무튼 199일째예요. 꼭 199일째예요."

"그런데 5월 23일인 걸 용케 기억하는군."

"일기를 보면 금방 알 수 있죠."

"일기? 일기를 쓰나?"

"그럼요. 묵은 일기를 읽는 건 즐거워요. 뭐든 감추지 않고 솔직히 쓰니까 혼자 읽어도 창피해요."

"언제부터?"

"도쿄에서 접대부로 나가기 직전부터. 그땐 돈이 넉넉지 않아 일기장을 살 수가 없었어요. 2전인가 3전짜리 잡기장에다 자를 대고 가늘게 줄을 그었는데, 연필을 뾰족하게 깎았던 모양으로, 선이 깨끗하고 가지런한 거예요. 그러곤 공책 맨 위에서 맨 아래까지 잔글씨로 빽빽이 썼죠. 마음대로 살 수 있게 되고부턴 도저히 엄두를 못 내요, 물건을 함부로 다루니까. 글씨 연습조차 예전엔 헌 신문지에 했지만 요즘은 두루마리에 직접 대고 쓰죠."

"줄곧 거르지 않고 일기를 쓰고 있나?"

"네. 열여섯일 때와 올해 것이 제일 재밌어요. 늘 객실에서 돌아와 잠옷으로 갈아입고 썼죠. 늦게 돌아오니까 이쯤까지 쓰고 도중에 그만 잠들었구나 싶은 곳은 지금 읽어도 알 수 있어요."

"그렇군."

"하지만 매일매일은 아니고 쉬는 날도 있어요. 이런 산골에서 객실에 나가 봤자 뻔한 거죠. 올핸 쪽마다 날짜가 든 것밖에 살 수가 없어서 엉망이에요. 쓰기 시작하면 아무래도 길어지는 수가 있거든요."

일기 이야기보다 한결 시마무라가 뜻밖의 감동을 얻은 것은, 그녀가 열대여섯 살 무렵부터 읽은 소설을 일일이 기록해 두었고 따라서 잡기장이 벌써 열 권이나 된다는 사실이었다.

"감상을 써 두는 거겠지?"

"감상 따윈 쓰지 않아요. 제목과 지은이, 그리고 등장인물들 이름과 그들의 관계 정도예요."

"그런 걸 기록해 놓은들 무슨 소용 있나?"

"소용없죠."

"헛수고야."

"그래요." 하고 여자는 아무렇지도 않은 듯 밝게 대답했으나 물끄러미 시마무라를 응시했다.

전혀 헛수고라고 시마무라가 왠지 한 번 더 목소리에 힘을 주려는 순간, 눈[雪]이 울릴 듯한 고요가 몸에 스며들어 그만 여자에게 매혹당하고 말았다. 그녀에겐 결코 헛수고일 리가 없다는 것을 그가 알면서도 아예 헛수고라고 못 박아 버리자, 뭔가 그녀의 존재가 오히려 순수하게 느껴졌다.

여자의 소설 이야기는 흔히 일컫는 문학이라는 단어와는 인연이 없는 것처럼 들렸다. 이 마을 사람들과의 우정이란 부인 잡지를 교환해 읽는 정도일 뿐, 그 외엔 거의 혼자 되다시피 읽고 있는 모양이었다. 선택이나 이렇다 할 이해도 갖추지 못한 채 여관의 객실 같은 데서 소설책이나 잡지가 눈에 띌 때마다 빌려 읽는 식인 것 같았다. 그녀가 생각나는 대로 떠올리는 신진 작가의 이름 가운데는 시마무라가 모르는 이도 적지 않았다. 그러나 그녀의 말투는 마치 아득한 외국 문학 이야기를 하는 양, 청빈한 거지가 지닌 애처로운 울림을 띠고 있었다. 자신이 외국 서적의 사진이나 글에 의지해, 서양 무용을 희미하게 몽상하는 것도 이런 게 아닐까 하고 시마무라는 생각했다.

그녀 역시 보지도 못한 영화나 연극 이야기를 유쾌하게 늘어놓았다. 이런 말 상대에 몇 달이나 굶주렸기 때문일 것이다. 199일 전 그때도 이런 얘기에 몰두한 것이 제 스스로 시마무라에게 몸을 던지는 빌미가 되었던 것을 잊어버렸는지, 또 한 번 자신이 말로 묘사하는 대로 몸까지 달아오르는 것 같았다.

그러나 그런 도회적인 것을 향한 동경도 지금은 이미 깨끗한 체념에 싸여 무심한 꿈이 되고 말아, 도시의 낙오자처럼 오만한 불평보다는 단순한 헛수고라는 느낌이 짙었다. 그녀 자신은 이를 쓸쓸해하는 낌새도 없지만 시마무라의 눈에는 묘하게 애처로워 보였다. 그런 사념에 빠져 버린다면 시마무라 자신이 살아가는 일도 결국 헛수고라는 깊은 감상(感傷)으로 떨어지고 말 것이다. 하지만 눈앞의 그녀는 산 기운에 젖어 생기 넘치는 표정이었다.

어쨌건 시마무라는 그녀를 다시 본 셈이 되었는데 상대가 게이샤가 된 지금, 오히려 그 말을 꺼내기 힘들었다.

그때 그녀는 엉망으로 취해, 무감각해져 뜻대로 되지 않는 팔을 애타하며,

"뭐야, 이건, 짜증나게. 아, 나른해, 이따윈." 하고 팔꿈치를 세게 덥석 물었을 정도였다.

똑바로 몸을 가누지 못해 데굴데굴 구르며,

"전혀 아까운 건 아녜요. 하지만 그런 여자는 아냐. 전 그런 여자가 아니에요."라고 한 말도 생각나 시마무라가 머뭇거리

자, 여자는 재빨리 눈치 채고 되받아치듯,

"자정의 상행 열차군요." 하고 마침 들려오는 기적 소리에 일어나 힘껏 난폭하게 장지문과 유리문을 열어젖히고는 난간에 몸을 내맡기며 창턱에 걸터앉았다.

냉기가 한꺼번에 방안으로 흘러들었다. 멀어지는 기차의 울림이 밤바람 소리처럼 들렸다.

"이봐, 춥잖아. 바보 같긴." 하고 시마무라도 일어나 다가갔으나 바람은 없었다.

사방의 눈 얼어붙는 소리가 땅속 깊숙이 울릴 듯한 매서운 밤 풍경이었다. 달은 없었다. 거짓말처럼 많은 별은, 올려다보노라니 허무한 속도로 떨어져 내리고 있다고 생각될 만큼 선명하게 도드라져 있었다. 별무리가 바로 눈앞에 가득 차면서 하늘은 마침내 저 멀리 밤의 색깔로 깊어졌다. 서로 중첩된 국경의 산들은 이제 거의 분간할 수가 없게 되고 대신 저마다의 두께를 잿빛으로 그리며 별 가득한 하늘 한 자락에 무게를 드리우고 있었다. 모든 것이 맑고 차분한 조화를 이루었다.

시마무라가 다가온 것을 알고 여자는 난간에 가슴을 대고 푹 엎드렸다. 그것은 연약하기보다 이런 밤을 배경으로 이보다 더 완고한 것은 없다는 듯한 모습이었다. 시마무라는 또 시작인가 싶었다.

그러나 산들이 검은데도 불구하고 어찌된 셈인지 온통 영롱한 흰 눈으로 뒤덮인 듯 보였다. 그러자 산들이 투명하고 쓸쓸하게 느껴졌다. 하늘과 산은 조화를 이룬 것이 아니다.

시마무라는 여자의 목 언저리를 잡고,

"감기 들겠어. 이렇게 찬데." 하고 힘주어 뒤로 일으켜 세우려 했다. 여자는 난간에 꼬옥 매달린 채 목메어,

"전 돌아가겠어요."

"돌아가."

"잠시만 이렇게 내버려 둬요."

"그럼 난 탕에 들어갔다 올게."

"싫어요, 여기 계세요."

"창문을 닫아."

"잠시만 이렇게 내버려 둬요."

마을은 사당(祠堂)의 삼나무 숲 그늘에 반쯤 가려져 있고, 자동차로 채 10분도 안 걸리는 정류장의 등불은 추위로 타닥타닥 소리를 내며 부서질 듯 깜박거렸다.

여자의 뺨도, 유리창도, 자신이 입은 솜옷 소매도, 손에 닿는 것은 모두 시마무라에게 난생처음 느끼는 차가움을 전해주었다.

발밑 다다미마저 냉랭해져 혼자 탕에 가려는데,

"기다려요. 저도 가겠어요." 하고 이번엔 여자가 순순히 따라왔다.

그가 아무렇게나 벗어던진 것을 여자가 옷바구니에 가지런히 담을 때, 남자 숙박객이 들어왔다. 시마무라의 가슴께에 움츠리고 얼굴을 감춘 여자를 알아보자,

"앗, 실례했습니다."

"아닙니다, 들어가시죠. 저쪽 탕으로 갈 테니까요." 시마무라는 곧바로 대답하고 벌거벗은 채 옷바구니를 그러안고 옆

에 있는 여탕으로 갔다. 여자는 물론 부부인 체하는 얼굴로 따라왔다. 시마무라는 말없이 뒤도 보지 않고 온천으로 뛰어들었다. 안심이 되어 한바탕 웃음이 치미는 바람에, 온천수가 흘러나오는 구멍에 입을 갖다 대고 요란하게 양치를 했다.

방으로 돌아와 여자는 옆으로 누인 고개를 살짝 들어올려 새끼손가락으로 옆머리를 쓸어 넘기며,

"슬퍼요."라고 단 한마디 할 뿐이었다.

여자가 까만 눈을 반쯤만 뜨고 있는 것 같아 바싹 들여다보니 속눈썹이었다.

신경이 예민한 여자는 한숨도 자지 못했다.

딱딱한 오비를 당겨 매는 소리에 시마무라는 잠에서 깼다.

"일찍 깨워서 미안해요. 아직 어두운걸요. 잠깐 봐 주시겠어요?" 하고 여자는 전등을 껐다.

"제 얼굴이 보여요? 안 보여요?"

"안 보여. 아직 날이 밝지 않았는걸."

"거짓말. 잘 보지 않으면 안 돼요. 어때요?"라며 여자는 창문을 열어젖히고,

"안 돼요. 보이는 거죠. 전 갈래요."

새벽 추위에 놀라 시마무라가 베개에서 머리를 들어 보니, 하늘은 아직 밤 빛깔인데 산은 이미 아침이었다.

"그래요, 괜찮아요. 지금은 농가가 한가해서 이렇게 일찍 나돌아다니는 사람은 없어요. 하지만 산에 가는 사람이 있을지도 몰라."라고 혼잣말을 해 가며 여자는 동여매던 오비를 질질 끌고 다니다가,

"방금 5시 하행 열차 손님은 없었어요. 여관 사람들은 아직은 안 일어나요."

오비를 다 묶고 나서도 여자는 일어섰다 앉았다 하다가, 다시 창 쪽만 보며 서성거렸다. 마치 야행성 동물이 아침을 두려워하여 초조하게 배회하는 듯 침착하지 못했다. 기이한 야성(野性)이 꿈틀대는 모습이었다.

그러는 사이 방안까지 환해졌는지 여자의 붉은 뺨이 금방 눈에 띄었다. 시마무라는 깜짝 놀랄 정도로 선명한 붉은색에 홀려,

"뺨이 새빨갛잖아, 추워서."

"추운 게 아녜요. 화장을 지워서 그래요. 전 잠자리에 들자마자 발끝까지 달아오르는걸요." 하고 머리맡 거울을 마주한 채,

"완전히 환해졌네요. 가겠어요."

시마무라는 그쪽을 보고 움찔 목을 움츠렸다. 거울 속 새하얗게 반짝이는 것은 눈[雪]이다. 그 눈 속에 여자의 새빨간 뺨이 떠올라 있다. 뭐라 형용하기 힘든 청결한 아름다움이었다.

어느새 해가 뜨는지 거울 속의 눈은 차갑게 타오르는 듯한 광채를 더해 갔다. 그럴수록 눈 속에 떠오른 여자의 머리카락도 선명한 자줏빛이 감도는 검정색으로 한층 짙어졌다.

눈이 쌓이는 것을 막기 위해서인 듯 일부러 도랑을 내어 목욕통에서 넘치는 뜨거운 물이 여관의 벽을 따라 흐르게 해

놓았는데, 현관 앞에서는 얕은 샘물처럼 퍼졌다. 검고 늠름한 아키타[秋田] 개가 그곳의 댓돌 위에 올라앉아 오래도록 그 물을 핥고 있었다. 창고에서 꺼내 온 손님용 스키를 내다 말리느라 희미한 곰팡이 냄새가 더운 김으로 달착지근하고, 삼나무 가지에서 공동탕 지붕으로 떨어져 내리는 눈덩이도 따스하게 모양이 일그러졌다.

마침내 섣달이 지나 정월이 되면 저 길이 눈보라로 보이지 않게 된다, 삼파쿠[山袴]¹¹⁾에다 고무장화, 망토를 걸치고 베일을 쓴 채 객실에 다녀야 한다, 그 무렵의 눈은 한 자나 높이 쌓였다고 말하며 언덕 위 여관 창으로 여자가 새벽녘에 내려다보던 비탈길을 시마무라는 지금 내려가고 있었다.

길가에 높게 널어 놓은 기저귀 밑으로 국경의 산들이 보이고 반짝거리는 눈이 한가로웠다. 새파란 파는 아직 눈에 파묻히진 않았다.

논에서 마을 아이들이 스키를 타고 있었다.

도롯가의 마을로 들어가니, 빗방울 떨어지는 소리가 나직이 들려왔다.

처마 끝 작은 고드름이 앙증맞게 빛나고 있었다.

지붕의 눈 치우는 남자를 올려다보며,

"이봐요, 하는 김에 우리 집도 좀 치워 주지 않을래요?" 하고 목욕탕에서 돌아오는 여자가 눈부신 듯 젖은 수건으로 이

---

11) 주로 농촌이나 산촌 여성이 작업복·방한복으로 입는 바지. 윗부분은 헐렁하고 아래는 통이 좁아 활동하기 편하다.

마를 훔쳤다. 스키 계절을 겨냥해서 일찌감치 흘러들어온 여급일 터이다. 옆집은 해어진 그림이 유리창에 나붙고 지붕이 비뚜름한 카페였다.

대개 집들의 지붕은 작은 판자를 이고 있고 그 위에 돌이 나란히 얹혀 있다. 둥근 돌은 해가 비치는 반쪽만 눈 속에 검게 보였는데 그 색은 축축하다기보다는 오래도록 눈바람을 맞은 먹빛 같았다. 그리고 집들은 또한 그 돌 느낌과 흡사한 모습으로 북쪽 지방답게 납작하니 땅에 엎드려 있었다.

아이들이 도랑의 얼음을 끌어안고 와선 길바닥에 내던지며 놀고 있었다. 힘없이 부서져 흩어질 때 반짝거리는 것이 재미있는 모양이다. 햇살 가운데 서 있자니 그 얼음의 두께가 거짓말처럼 생각되어 시마무라는 한참을 계속 지켜보았다.

열서너 살 되는 여자아이가 혼자 돌담에 기대어 털실을 짜고 있었다. 삼파쿠에 높은 게다를 신었는데 버선이 없고, 빨개진 맨발 뒤꿈치에 튼 자국이 보였다. 곁에는 섶나무 단에 올라앉은 세 살쯤 된 여자아이가 무심히 털실 꾸러미를 들고 있었다. 쬐끄만 여자아이한테서 커다란 여자아이에게로 뽑아지는 한 가닥 낡은 회색 털실도 따사롭게 빛나고 있었다.

일고여덟 집 건너 있는 스키 제작소에서 대패질 소리가 들려온다. 그 반대편 처마 그늘에 게이샤 대여섯 명이 서서 이야기를 나누고 있었다. 오늘 아침 여관 하녀한테서 그 예명(藝名)을 들어 알게 된 고마코[駒子]도 거기 있으려니 생각되었는데, 아니나 다를까 그녀는 그가 걸어오는 것을 보고 있었던 듯 혼자 진지한 표정이었다. 틀림없이 얼굴이 새빨개질 거다, 태연한 척 꾸며 주었으면 좋겠다고 시마무라가 생각할 틈도 없이 고마코는 이미 목까지 물들고 말았다. 그럴려면 돌아서 있으면 될 텐데 거북스럽게 눈을 내리깔고선 그의 걸음을 좇아 그쪽으로 조금씩 얼굴을 움직인다.

시마무라도 볼이 달아올라 서둘러 지나치자 곧장 고마코가 뒤쫓아왔다.

"곤란해요, 그런 델 다니시면."

"곤란하다니, 곤란한 건 나야. 그렇게 한데 몰려 있으면 무서워서 지나갈 수가 있어야지. 늘 저런가?"

"그래요, 한낮엔."

"얼굴이 빨개져 바로 뒤쫓아 오면 더더욱 곤란해지잖나?"

"상관없어요."라고 분명히 말하면서 고마코는 다시 얼굴이 빨개져 그 자리에 멈춰 서더니 길가의 감나무를 끌어안았다.

"저희 집에 들러 주셨으면 해서 달려온 거예요."

"당신 집이 여긴가?"

"네."

"일기를 보여 준다면 들러 줄 수 있지."

"죽기 전에 그걸 태울 거예요."

"한데 당신 집에는 환자가 있을 테지?"

"어머, 잘 아시네요."

"어젯밤 당신도 역에 마중하러 나와 있었을 텐데, 짙은 푸른색 망토를 입고. 난 그 기차를 환자 바로 가까이에서 타고 왔지. 너무 진지하고 친절하게 환자를 돌봐 주는 처녀가 함께 있었는데 그의 부인인가? 여기서 마중 간 사람? 도쿄 사람?

마치 어머니처럼 돌보기에 난 감탄하면서 보고 있었지."

"그런데 어째서 그 얘길 어젯밤 제게 하지 않았죠? 왜 아무 말 않은 거죠?" 고마코는 발끈했다.

"부인인가?"

그러나 거기엔 대답 않고,

"왜 어젯밤 얘기 않은 거예요, 이상한 사람."

시마무라는 여자의 이런 날카로움을 언짢아했다. 하지만 그녀를 이렇듯 예민하게 만든 원인이 시마무라나 여자에게 있을 리 없다고 여겨졌다. 그렇다면 고마코의 성격이 드러난 것일까 하고도 짐작되었는데, 어쨌건 거듭 추궁을 당하고 보니 그는 급소라도 찔린 듯한 느낌이 들었다. 오늘 아침 눈 덮인 산이 비치는 거울 속으로 고마코를 보았을 때도, 물론 시마무라는 해 질 녘 기차 유리창에 비친 처녀를 떠올렸는데 어째서 그걸 고마코에게 이야기하지 않았을까?

"환자가 있어도 괜찮아요. 제 방엔 아무도 올라오지 않아요." 하고 고마코는 낮은 돌담 안으로 들어갔다.

오른쪽은 눈에 파묻힌 밭이고 왼쪽에는 감나무가 이웃집 벽을 따라 늘어서 있었다. 집 앞은 꽃밭인 듯 한가운데의 작은 연못엔 얼음이 가장자리로 밀려나 있고 잉어가 헤엄치고 있었다. 감나무 줄기처럼 집도 허물어져 가는 중이었다. 눈으로 얼룩진 지붕은 판자가 썩어 처마에 물결을 그리고 있었다.

토방으로 들어가니 오싹 추워지고 아무것도 보이지 않는데 사다리를 타고 올라가야 했다. 진짜 사다리였다. 그 위의 방도 영락없는 다락방이었다.

"누에를 치던 방이에요. 놀라셨죠?"

"이런 델 술 취해 돌아오면 사다리에서 떨어지진 않나?"

"떨어지기도 해요. 하지만 그런 때는 아래에서 고타쓰에 들어가 대개 그대로 잠들어 버리죠." 하고 고마코는 고타쓰 이불에 손을 넣어 보고 불을 가지러 일어섰다.

시마무라는 신기한 방 모습을 둘러보았다. 나직한 들창이 남쪽에 하나 나 있을 뿐인데도 문살이 촘촘한 장지문은 새로 발라져, 거기로 햇살이 환했다. 벽도 꼼꼼히 반지(半紙)¹²)를 바른 탓에 낡은 종이 상자에 들어온 기분이었는데, 머리 위엔 지붕 밑이 그대로 노출된 채 창 쪽으로 낮아지고 있어 컴컴한 쓸쓸함이 덧씌워진 형국이었다. 벽 맞은편은 어떻게 되어 있을까 생각하니, 이 방만이 공중에 매달린 듯한 느낌이 들어 어쩐지 위태로웠다. 그러나 벽이며 다다미가 낡은 데 비해 너무나 청결했다.

누에처럼 고마코도 투명한 육체로 여기서 살고 있을까 생각했다.

고타쓰에는 삼파쿠와 똑같은 줄무늬의 무명 이불이 덮여 있었다. 옷장은 낡았어도, 고마코의 도쿄 생활의 흔적일까, 결이 곧은 멋진 오동나무 제품이었다. 이와는 대조적으로 경대는 조촐했다. 주홍빛 반짇고리 또한 화려한 광택을 자랑했다. 벽에 판자를 계단식으로 붙박은 건 책장인가, 모슬린 커튼이 쳐져 있었다.

---

12) 얇고 흰 일본 종이. 질기고 거칠다.

간밤의 접대복이 벽에 걸렸는데, 속옷의 붉은 안감이 드러나 보였다.

고마코는 부삽을 들고 솜씨 좋게 사다리를 올라와서,

"환자 방에서 가져온 거지만 불은 깨끗하대요." 하고 새로 올린 머리를 숙인 채 고타쓰 재를 긁어 모으며, 환자는 장(腸)결핵으로 고향에 거의 죽으러 온 거나 마찬가지라는 이야기를 했다.

고향이라고는 해도 아들은 여기서 태어난 게 아니다. 여기는 어머니의 마을이다. 어머니는 항구 도시에서 게이샤로 일한 뒤에도 춤 선생으로 거기에 머물렀으나, 채 쉰도 되기 전에 중풍을 앓아 요양도 할 겸 이 온천으로 돌아왔다. 아들은 어릴 적부터 기계를 좋아했고 모처럼 시계점에서 일하게 되어 항구 도시에 두고 왔더니 얼마 안 되어 도쿄로 나가 야학에 다닌 모양이다. 몸을 너무 무리하게 굴린 것이다. 올해 스물여섯이라 한다.

이 정도로만 고마코는 단숨에 들려 주었는데 아들을 데리고 돌아온 처녀가 누구인지, 어째서 고마코가 이 집에 있는지 등에 대해서는 역시 한마디도 언급하지 않았다.

그러나 이 정도만이라도, 공중에 매달린 듯한 이 방의 형편으로는 고마코의 목소리가 사방팔방으로 새 나갈 것 같아, 시마무라는 차분히 있을 수 없었다.

문간을 나서면서 희뿌연 물건이 눈에 띄기에 돌아다보니 오동나무로 만든 샤미센 상자였다. 실물보다 크고 길게 느껴져 이걸 메고 객실로 가다니 믿기 어려운 일이라 여겨지는데, 거

무스름한 장지문이 열리면서,

"고마짱, 이걸 타넘으면 안 돼?"

청명하여 슬프도록 아름다운 목소리였다. 어디선가 메아리가 울릴 듯했다.

시마무라가 들은 적 있는, 밤기차 창으로 눈 속의 역장을 불렀던 바로 그 요코의 목소리다.

"괜찮아." 고마코가 대답하자, 요코는 삼파쿠 차림으로 훌쩍 샤미센을 타넘었다. 유리로 된 요강을 들고 있었다.

역장과 아는 사이인 듯한 어젯밤의 말투나 이 삼파쿠로도 요코가 이 근처의 처녀란 사실은 분명한데, 화려한 오비가 반쯤 삼파쿠 위에 나와 있어 주황색과 검정색 줄무늬가 있는 성긴 무명 삼파쿠는 선명하게 눈에 띄고, 모슬린의 긴 소맷자락도 마찬가지로 요염한 구석이 있었다. 삼파쿠의 가랑이가 무릎 약간 위로 나 있기 때문에 얼마간 부풀린 듯하면서 동시에 거친 무명이 꽉 조이는 듯 보이기도 해서 편안했다.

그러나 요코는 얼핏 찌르듯 시마무라를 한 번 보았을 뿐, 말없이 토방을 가로질러 갔다.

시마무라는 밖으로 나오고서도 요코의 눈길이 그의 이마 앞에서 타오르는 것 같아 어쩔 바를 몰랐다. 그건 마치 먼 등불처럼 차갑다. 왜냐면 시마무라는 기차 유리창에 비친 요코의 얼굴을 바라보는 동안 야산의 등불이 그녀의 얼굴 저편으로 흘러 지나가고 등불과 눈동자가 서로 겹쳐져 확 환해졌을 때, 뭐라 형용하기 힘든 아름다움에 가슴이 떨려 왔던 어젯밤의 인상을 떠올렸기 때문이다. 그것을 떠올리자 거울 속 가득

설국

비친 눈 위에 떠 있던 고마코의 붉은 뺨도 생각났다.

걸음이 빨라졌다. 도톰하고 흰 발이긴 해도 등산을 즐기는 시마무라는 산을 바라보며 걸으니 방심 상태가 되어 자기도 모르게 걸음이 빨라진다. 어느 때건 금세 방심 상태에 빠지기 쉬운 그이고 보면, 그때 해 질 녘의 거울이나 아침 눈의 거울이 인공적인 것이라고는 믿지 않았다. 자연의 것이었다. 그리고 먼 세계였다.

방금 나온 고마코의 방조차 이미 그토록 먼 세계인 양 여겨진다. 그런 자신에게 스스로도 놀라며 정신없이 산에 오르는데, 여자 안마사가 걸어가고 있었다. 시마무라는 무언가에 매달리기라도 하듯,

"안마 좀 해 주겠나?"

"글쎄요, 지금 몇 시나 됐는지." 하고 대지팡이를 겨드랑이에 끼우고는 오른손으로 오비에서 뚜껑 달린 회중시계를 꺼내 왼쪽 손가락 끝으로 글씨를 더듬으며,

"2시 35분이군요. 3시 반에 역 건너편으로 가 볼 일이 있긴 한데, 좀 늦더라도 괜찮겠죠."

"용케 시간을 아는군."

"예, 유리가 없으니까요."

"짚어 보면 글씨를 아는가?"

"글씨는 모르지만." 하고 여자가 들기에는 큰 은시계를 한 번 더 꺼내 뚜껑을 열더니, 여기가 12시, 여기가 6시, 그 가운데가 3시라는 식으로 손가락으로 눌러 보이고,

"이렇게 짐작하면 1분까지는 몰라도 2분은 틀리지 않죠."

"한데 비탈길은 미끄럽지 않은가?"

"비가 오면 딸이 마중 나옵니다. 밤엔 마을 사람을 안마해야 하니까 여기 올라올 일이 없지요. 바깥양반이 내보내지 않아서라고 여관 하녀들이 놀려 대는 덴 못 말리죠."

"애들은 다 컸는가?"

"예, 큰딸이 열세 살입니다." 이런 얘기를 나누며 방으로 와서 한동안 말없이 안마를 하다가, 멀리 객실에서 나는 샤미센 소리에 고개를 갸우뚱했다.

"누굴까?"

"자넨 샤미센 소리로 어느 게이샨지 모두 아는가?"

"아는 이도 있고 모르는 이도 있지요. 선생님은 상당히 지체 높은 분이신지 몸이 아주 부드럽습니다."

"굳진 않았을 걸세."

"목덜미께가 약간 굳었습니다. 적당히 보기 좋게 살이 찌셨는데 술은 안 드시죠?"

"잘 아는군."

"선생님과 똑같은 체형을 가진 손님을 셋 알고 있지요."

"극히 평범한 몸이야."

"그런데 술을 드시지 않으면 정말로 재미난 일이 없겠지요, 깡그리 잊어버리는."

"자네 바깥주인은 마시겠지?"

"너무 마셔서 탈이죠."

"누군지 형편없는 샤미센 솜씨군."

"그렇군요."

"자네도 켤 테지?"

"예, 아홉 살부터 스물 될 때까지 배웠습니다만, 시집온 뒤로 벌써 15년이나 켜지 않은걸요."

맹인은 나이보다 젊어 보이는 법인가 하고 시마무라는 생각하면서,

"어릴 때 배운 건 확실하니까."

"손은 완전히 안마사가 되고 말았지만, 귀는 뚫려 있죠. 이렇게 게이샤들의 샤미센을 듣고 있노라면 괜히 안절부절못하게 되는데, 아무래도 옛날의 제 모습을 생각해서겠죠." 하고 다시 귀를 기울여,

"이즈쓰야의 후미짱인가? 가장 훌륭한 애와 가장 서툰 애가 제일 알기 쉬워요."

"잘 켜는 이도 있는가?"

"고마짱이란 애는 아직 어려도 최근엔 솜씨가 꽤 늘었죠."

"흐음."

"선생님께서도 아시다시피 훌륭하다고 해도 워낙 이런 산골이니까."

"아니 잘 모르지만, 어젯밤 선생 아들이 돌아올 때 나도 같은 기차를 탔었네."

"어머, 좀 나아졌던가요?"

"그렇지 못한 것 같더군."

"그래요? 그 아드님이 도쿄에서 오래 병을 앓는 바람에 고마코라는 애가 올 여름 게이샤로 나서서까지 병원비를 보냈다던데, 어찌된 걸까요?"

"고마코라고?"

"그래도 할 수 있는 힘껏 해 두면, 약혼자라는 것만으로도 나중까지."

"약혼자라니 사실인가?"

"예, 약혼자라고들 하더군요. 저는 알 수 없지만 그렇다는 소문이 있지요."

온천 여관에서 여자 안마사로부터 게이샤의 신상 이야기를 듣는 것은 흔히 있는 일인데 오히려 뜻밖이기도 했다. 고마코가 약혼자를 위해 게이샤로 나섰다는 얘기도 너무나 상투적인 내용이어서 시마무라는 곧이 받아들일 수 없는 심정이었다. 도덕적인 생각에 맞부딪친 탓인지도 몰랐다.

그는 이야기를 좀더 깊이 캐물어 보고 싶었으나 안마사는 입을 다물고 말았다.

고마코가 아들의 약혼자, 요코가 아들의 새 애인, 그러나 아들이 얼마 못 가 죽는다면, 시마무라의 머리에는 또다시 헛수고라는 단어가 떠올랐다. 고마코가 약혼자로서의 약속을 끝까지 지킨 것도, 몸을 팔아서까지 요양시킨 것도 모두 헛수고가 아니고 무엇이랴.

고마코를 만나면 댓바람에 헛수고라고 한 방 먹일 생각을 하니, 새삼 시마무라에겐 어쩐지 그녀의 존재가 오히려 순수하게 느껴졌다.

이 허위의 마비에는 파렴치한 위험이 풍겨나와 시마무라는 지그시 이를 음미하며 안마사가 돌아간 뒤에도 계속 누워 있었는데, 가슴 밑바닥까지 오한이 드는 것 같아 정신을 차리고 보니 창문이 활짝 열린 채였다. 산골짜기엔 일찍 응달이 지고, 어느새 차가운 해거름이 내려와 있었다. 어두컴컴하여 아직 서쪽 해가 눈 위에 비치는 먼산들이 성큼 가까이 다가온 것 같았다.

이윽고 제각기 산의 원근(遠近)이나 높낮이에 따라 다양하게 주름진 그늘이 깊어 가고, 봉우리에만 엷은 볕을 남길 무렵이 되자, 꼭대기의 눈 위에는 붉은 노을이 졌다.

마을 냇가, 스키장, 신사 등 군데군데 흩어져 있는 삼나무 숲이 거뭇거뭇 눈에 띄기 시작했다.

시마무라가 허무한 애수에 젖어 있을 때, 따스한 불빛이 켜지듯 고마코가 들어왔다.

스키 손님을 맞을 준비를 하기 위한 모임이 여관에서 있었고, 끝난 뒤 연회에 불려 나갔다고 했다. 고타쓰에 들어와 느닷없이 시마무라의 볼을 어루만지면서,

"오늘밤은 창백한걸요, 이상해요."

그러고는 마구 주무르듯 부드러운 볼살을 움켜쥐고,

"당신은 바보야."

약간 취한 듯 보였는데, 연회를 끝내고 와서는,

"몰라, 이젠 모르겠어. 머리가 아파, 머리가 아파. 아아, 힘들어, 힘들어." 하고 거울 앞에 무너지듯 쓰러지자, 이상할 만치 한꺼번에 취기가 얼굴에 나타났다.

"물 마시고 싶어, 물 줘요."

얼굴을 두 손으로 가린 채 머리 모양이 흐트러지는 것도 개의치 않고 쓰러져 있다가, 마침내 고쳐 앉으며 크림으로 화장을 지웠다. 너무나 새빨개진 얼굴이 막무가내로 드러나는 통

에 고마코 자신도 즐거운 양 계속 웃어 댔다. 신기할 정도로 술이 빨리 깼다. 추운 듯 어깨를 떨었다.

그리고 조용한 목소리로 8월 내내 신경쇠약으로 빈둥거렸 노라는 얘기를 꺼냈다.

"미쳐 버리고 마는 게 아닌가 걱정했어요. 뭔가 열심히 골똘히 생각하는데, 뭘 생각하는지 저 자신이 알 수 없는 거예요. 무서웠죠. 거의 잠도 못 자고 묘하게 객실에 나갔을 때만 정신이 들었어요. 여러 가지 꿈을 꾸었죠. 밥도 제대로 먹을 수 없었어요. 다다미에다 바늘을 찔렀다가 빼냈다가 계속 그러고만 있는 거죠, 무더운 대낮에."

"게이샤로 나선 게 몇 월이지?"

"6월. 어쩌면 전, 지금쯤 하마마쓰[浜松][13]에 있을 뻔했어요."

"결혼해서?"

고마코는 끄덕였다. 하마마쓰에서 온 남자가 결혼하자고 좇아다녔는데, 도무지 남자가 좋아지지 않아 상당히 고심했다고 말했다.

"좋아하지 않는 사람이면 고심할 까닭이 없잖아?"

"그렇진 않아요."

"결혼이란 그런 힘이 있나 보지?"

"빈정대시긴. 그렇진 않지만 전 신변이 깨끗이 정리되지 않으면 불편해요."

---

13) 시즈오카현 서남부에 있는 도시.

"음."

"당신은 정말 태평스런 분이셔."

"한데, 그 하마마쓰 사람과 무슨 일 있었나?"

"있었다면 고심할 까닭이 없잖아요?" 고마코는 내뱉고,

"하지만, 네가 이 마을에 있는 동안은 누구와도 결혼시키지 않아, 무슨 짓을 해서라도 방해하고 말겠어, 라더군요."

"하마마쓰 같은 먼 곳에 있으면서? 당신은 그 말이 신경 쓰이나?"

고마코는 한동안 아무 말 없이 자신의 따스한 몸을 음미하듯 가만히 누워 있다가 문득 아무렇지 않게,

"전 임신했다고 생각했거든요. 호호, 지금 생각하면 우스워, 호호호." 하고 웃으며 살짝 몸을 움츠리더니 주먹 쥔 두 손으로 시마무라의 옷깃을 아이처럼 잡았다.

닫혀진 짙은 속눈썹이 또다시 까만 눈을 반쯤 뜨고 있는 것처럼 보였다.

다음 날 아침, 시마무라가 눈을 뜨자 고마코는 벌써 화로에 한쪽 팔꿈치를 괴고 낡은 잡지 뒷면에다 낙서를 하고 있었다.

"돌아갈 수 없어요. 하녀가 불을 넣으러 오길래 창피해서 깜짝 놀라 벌떡 일어나 보니, 벌써 장지문에 해가 비추겠죠. 간밤에 취해서 그만 곯아떨어졌나 봐요."

"몇 시?"

"벌써 8시."

"탕에 갈까?" 하고 시마무라는 일어났다.

"안 돼요. 복도에서 사람을 만날 테니까."라며 완전히 얌전한 여자가 되고 말더니, 시마무라가 욕탕에서 돌아왔을 때는 수건을 단정히 쓰고 바지런하게 방 청소를 하고 있었다.

책상다리며 화로 가장자리까지 지나치다 싶을 만큼 공들여 닦고 재를 휘젓는 품이 익숙한 솜씨였다. 시마무라가 고타쓰에 발을 넣은 채 멋대로 누워 담뱃재를 떨어뜨리자, 고마코는 손수건으로 살짝 닦아 내고는 재떨이를 가져왔다. 시마무라는 아침처럼 유쾌하게 웃어 댔다. 고마코도 웃었다.

"당신이 가정을 꾸리면, 남편은 된통 꾸중만 듣겠는걸."

"한마디도 나무라지 않았잖아요. 빨랫감마저 가지런히 개어 둔다고 늘 놀려들 대는데, 천성이겠죠."

"옷장 속을 보면 여자의 성격을 알 수 있다지."

방안 가득한 아침 햇살에 따뜻해져 밥을 먹다가,

"너무 좋은 날씨예요. 빨리 돌아가서 연습을 하면 좋았을 텐데. 이런 날은 소리가 달라요."

고마코는 깊고 청명한 하늘을 올려다보았다.

먼 산들은 눈이 자욱할 때와 같은 부드러운 우윳빛으로 둘러싸여 있었다.

시마무라는 안마사의 말을 들은 바 있어 여기서 연습을 하면 좋겠다고 하자, 고마코는 곧바로 일어나더니, 갈아입을 옷과 나가우타[長唄][14] 책을 가져오라고 집으로 전화를 걸었다.

---

14) 에도 시대에 유행한 긴 속요.

낮에 본 그 집에 전화가 있나 싶었는데, 다시 시마무라의 머리에는 요코의 눈이 떠올라,

"그 처녀가 가져오나?"

"그럴지도 몰라요."

"당신은 그 집 아드님의 약혼자라던데?"

"어머, 언제 그런 얘길 들었어요?"

"어제."

"이상한 사람. 들었으면 들었다고 어젯밤 왜 말하지 않았어요?" 했으나, 어제 낮과 달리 고마코는 이번엔 깨끗한 미소를 지어 보였다.

"당신을 경멸하지 않으면 말하기 힘들어."

"마음에도 없는 말씀. 도쿄 사람은 거짓말쟁이라서 싫어요."

"그것 보라고, 내가 이야길 꺼내면 말을 돌려 버린다니까."

"돌리는 게 아녜요. 그래서 당신은 정말로 믿었나요?"

"믿었어."

"또 거짓말이군요. 믿지 않고선."

"그야 납득이 가지 않기는 했었지. 하지만 당신이 약혼자를 위해 게이샤가 되어 요양비를 벌고 있다고 하니까."

"지겨워요, 그런 신파극 같은 얘긴. 약혼자라는 건 거짓말이에요. 그렇게 생각하는 사람이 많은가 봐요. 굳이 누굴 위해 게이샤가 된 건 아니지만, 할 수 있는 데까지는 해 봐야죠."

"수수께끼 같은 말만 하고 있군."

"분명히 말하겠어요. 선생님은 아드님과 제가 결혼하면 좋겠다고 생각하신 적이 있었을지도 몰라요. 그러나 속으로만

생각하시고 한 번도 입 밖에 내신 적은 없어요. 그런 선생님의 심중을 아드님도 저도 어렴풋이 짐작은 했죠. 하지만 두 사람은 아무 일 없었어요. 그뿐이에요."

"소꿉친구로군."

"그래요. 하지만 따로 떨어져 지내 왔어요. 도쿄로 팔려 갈때, 오직 그 사람만이 배웅해 주었죠. 가장 오래된 일기 첫머리에 그때 일이 적혀 있어요."

"두 사람이 그 항구 도시에 남았더라면 지금쯤 같이 살고 있지 않을까?"

"그렇진 않아요."

"그런가?"

"남의 일엔 걱정 않으셔도 돼요. 얼마 안 있어 죽을 테니."

"더구나 외박 같은 건 좋지 않겠지."

"당신이 그런 말 하는 게 나쁜 거예요. 내가 하고 싶은 대로 하는 걸 죽어 가는 사람이 어떻게 말릴 수 있다는 거죠?"

시마무라는 대답할 말이 없었다.

그러나 고마코가 역시 요코에 대해 한마디 언급도 않는 것은 어째서일까?

또 요코만 하더라도, 기차 안에서까지 마치 어린 어머니처럼 그토록 정성껏 돌보면서 데려온 남자와 관계가 있는 고마코한테 아침에 갈아입을 옷을 가져온다는 건 도대체 무슨 심사일까?

시마무라가 그다운 공상에 아득히 빠져 있는데,

"고마쨩, 고마쨩!" 나지막하면서도 청명한, 바로 요코의 아름다운 목소리가 들려왔다.

"네, 수고했어요." 고마코는 옆의 작은 방으로 가서,

"요코가 와 주었어? 어머나, 이렇게 모두, 무거웠을 텐데."

요코는 말없이 돌아간 것 같았다.

고마코는 샤미센 줄을 손가락으로 끊어 새로 갈아 끼운 뒤, 조율을 했다. 그러는 사이, 이미 그녀의 소리가 맑다는 것을 충분히 알 수 있었다. 고타쓰 위에 놓인 두툼한 보자기를 끌러 보니, 일반 연습용 책 외에 기네야 야시치[15]의『문화 샤미센 음보』가 스무 권가량 들어 있어, 시마무라가 의외라는 듯 손에 들고,

"이런 걸로 연습했나?"

"뭐, 여긴 선생님이 없으니까요. 할 수 없죠."

"집에 있잖아."

"중풍이에요."

"중풍이라도, 입으로."

"입을 사용할 수 없었던 거죠. 그래도 춤은 움직일 수 있는 왼쪽 손으로 봐줄 수 있지만, 샤미센은 귀가 아플 뿐이에요."

"이걸로 알 수 있나?"

"그럼요."

"초보자라면 몰라도 게이샤가 먼 산골에서 기특하게도 연습을 하는 것이니 악보상도 기뻐하겠군."

---

15) 기네야 야시치(杵家彌七, 1890~1942). 샤미센의 근대화, 대중화에 기여했다.

"접대는 춤 위주인 데다 도쿄에서 배운 것도 춤이었어요. 샤미센은 거의 겉핥기에 불과해요. 잊어버리면 가르쳐 줄 사람도 없으니 악보만 믿는 거죠."

"노래는?"

"싫어요, 노래는. 춤 연습 때 귀에 익은 건 그래도 괜찮은데, 새 노래는 라디오나 어디선가 들어 알고는 있어도 어쩐지 낯설어요. 자기식으로 불러 대니 우스울 밖에요. 게다가 아는 사람들 앞에서는 소리가 나오질 않아요. 모르는 사람이라면 큰 소리로 부를 수 있지만." 하고 약간 수줍어하며 노래를 기다리는 듯 몸을 반듯이 가누고는 시마무라의 얼굴을 응시했다.

시마무라는 움찔 기세에 눌리고 말았다.

그는 도쿄의 서민가에서 자라 어릴 적부터 가부키나 일본 춤에 친숙하고 나가우타의 구절 정도는 외워 저절로 귀에 익기는 했으나, 직접 배우지는 않았다. 나가우타라고 하면 금방 춤 무대가 연상되지만 게이샤의 연회는 떠오르지 않는 것이다.

"정말이지 가장 부담스러운 손님이군요." 하고 고마코는 살짝 아랫입술을 깨물더니 샤미센을 무릎에 올려놓았다. 그것만으로 벌써 딴사람이 된 양, 가만히 연습용 책을 펼치고,

"올 가을, 악보로 연습한 거예요."

간진초[勸進帳][16]였다.

순간, 시마무라는 뺨에 소름이 돋을 듯 서늘해져서 뱃속까지 말갛게 되는 느낌이었다. 단숨에 텅 빈 머리 가득 샤미센

16) 가부키 극의 인기있는 극본 가운데 하나.

소리가 울려 퍼졌다. 실제로 그는 그저 놀랐다기보다 완전히 압도당하고 말았다. 경건한 마음에 사로잡혔고 회한(悔恨)의 상념에 완전히 젖어들었다. 자신은 이제 무력할 뿐, 고마코의 힘에 밀려 속수무책으로 떠내려 가는 것을 기꺼워하며 몸을 던져 떠 있는 수밖에 도리가 없었다.

열아홉이나 스무 살 먹은 시골 게이샤의 샤미센쯤이야 들어 보나 마나 뻔하다, 객실인데도 마치 무대에 선 것처럼 켜고 있질 않나, 나 자신이 산에서 느끼는 감상(感傷)에 불과하다, 라고 시마무라는 생각하려 애썼다. 고마코는 일부러 구절을 단조롭게 읽어 내리기도 하고, 여기는 천천히, 성가시다며 건너 뛰기도 했다. 하지만 점점 신들린 듯 소리가 높아지자, 발목(撥木)17) 소리가 얼마만큼 강하고 맑게 울리나 싶어 시마무라는 무서워져서 허세를 부리듯 팔베개를 하고 드러눕고 말았다.

간진초가 끝나자 시마무라는 겨우 숨을 돌리고 아아, 이 여자는 내게 반했군, 하는 생각이 들었는데 그것이 또한 웬지 처량했다.

"이런 날은 소리가 달라요." 하고 눈 온 뒤 맑은 하늘을 올려다본 고마코가 말한 적이 있었다. 공기가 다른 것이다. 극장 벽도 없고 청중도 없고 도시의 먼지도 없어, 소리는 다만 깨끗한 겨울 아침을 맑게 지나며 멀리 눈 쌓인 산들까지 곧바로 울려 퍼졌다.

---

17) 샤미센의 현을 퉁겨 소리를 내는 도구. 은행잎 꼴로 얇고 대개 상아나 물소 뿔, 나무로 만든다.

자신도 모르게 늘 산골짜기의 드넓은 자연을 상대로 고독하게 연습하는 것이 그녀의 습관이었던 탓에, 발목 소리가 커지는 것은 당연하다. 그 고독은 애수를 짓밟고 야성의 의지력을 품고 있었다. 다소 소질은 있다 하더라도 복잡한 곡을 악보로 독학해서 악보를 보지 않고서도 자유자재로 켤 수 있게 되기까지는 강한 의지로 노력을 거듭했음에 틀림없다.

　시마무라에겐 덧없는 헛수고로 여겨지고 먼 동경이라고 애틋해지기도 하는 고마코의 삶의 자세가 그녀 자신에게는 가치로서 꿋꿋하게 발목 소리에 넘쳐나는 것이리라.

　섬세한 손놀림까지는 귀에 익지 못한 채, 그저 소리의 감정을 알 수 있을 정도인 시마무라는 고마코에게는 마침 적합한 청중이었다.

　세 번째 곡으로 미야코도리[都鳥][18]를 켜기 시작했을 무렵에는 이 곡이 지닌 농염한 부드러움 탓일까, 시마무라는 더 이상 몸이 오싹해지는 느낌도 없이 포근하고 편안한 마음으로 고마코의 얼굴을 응시했다. 그러자 육체의 친근감이 생생하게 전해져 왔다.

　가늘고 높은 코는 다소 쓸쓸하게 마련인데 뺨이 활기 있게 발그레한 덕분에, 나 여기 있어요, 하는 속삭임처럼 보였다. 아름다운 윤기 도는 입술은 작게 오므렸을 때조차 거기에 비치는 햇살을 매끄럽게 어루만지는 듯했다. 더욱이 노래를 따

18) 봄부터 여름 사이의 경치와 더불어, 새에 빗대어 만남을 약속하는 남녀의 정을 고상하게 읊은 속요.

라 크게 열렸다가도 다시 안타깝게 바로 맞물리는 모양은 그녀의 몸이 지닌 매력 그대로였다. 약간 처진 눈썹 밑의, 눈꼬리가 올라가지도 내려가지도 않고 일부러 곧게 그린 듯한 눈이 지금은 촉촉히 빛나 앳돼 보였다. 화장기 없고, 도시에서의 물장사로 말쑥해진 얼굴에 산 빛깔이 물들었다고나 할 만치 백합이나 양파 구근을 벗겨 낸 듯한 새하얀 피부는 목덜미까지 은근히 홍조를 띠고 있어 무엇보다 청결했다.

반듯이 몸을 가누고 앉은 모습이 그 어느 때보다 처녀다워 보였다.

마지막으로, 지금 연습 중인 걸로 하겠다고 악보를 봐 가며 신곡 우라시마[浦島]19)를 켜고 나서 고마코는 말없이 발목을 샤미센 줄 밑에 끼우더니 자세를 흐트렸다.

갑자기 요염함이 흘러넘쳤다.

시마무라는 아무 말도 할 수 없었다. 고마코도 시마무라의 비평에 신경 쓰는 기색은 전혀 없이 마냥 즐거워 보였다.

"당신은 이곳 게이샤의 샤미센 소리만으로도 누군지 모두 알 수 있나?"

"그야 알 수 있죠, 스무 명 안팎인걸요. 도도이쓰[都都逸]20)가 제일 알기 쉬워요, 켜는 이의 버릇이 금방 나오니까."

---

19) 우라시마 전설을 소재로 한 무용극의 앞부분을 속요로 작곡한 것. 우라시마는 거북을 살려 준 덕으로 용궁에 가서 호화롭게 지내다 돌아와 보니, 많은 세월이 흘러 친척이나 아는 사람은 모두 죽고 낯선 사람뿐이었다는 동화의 주인공이다.
20) 남녀간의 애정을 구어체로 부른 노래.

그리고 다시 샤미센을 집어들더니 오른발을 접어 뒤로 밀어낸 다음, 장딴지 위에 샤미센 몸통을 올려 놓았다. 허리는 왼쪽으로 몸은 오른쪽으로 기울여,

"어릴 때 이렇게 배웠어요." 하고 샤미센의 길쭉한 머리 부분을 들여다보고는,

"구, 로, 카아, 미이, 노……." 앳되게 부르며 띄엄띄엄 음을 울렸다.

"구로카미[黑髮][21]를 맨 먼저 배웠나?"

"아아뇨." 고마코는 바로 어릴 때 그랬던 것처럼 머리를 내저었다.

그런 뒤부터는 밤을 보내고서도 고마코는 더 이상 억지로 새벽녘에 돌아가려고 하지 않았다.

"고마코쨩!" 하고 복도 저 멀리서 이름 끝을 올려 부르는 여관집 여자아이를 안고 고타쓰 앞에서 정신없이 놀다가 정오쯤이면 그 세 살배기와 목욕탕에 가거나 했다.

젖은 머리를 빗겨 주면서,

"이 앤 게이샤만 보면 고마코쨩 하고 끝을 올려 불러요. 사진이건 그림이건 일본식 머리를 하고 있으면 모두 고마코쨩이래요. 제가 아이들을 좋아한다는 걸 금방 알죠. 기미쨩, 고마

---

21) 자신의 검은 머리를 빗어 내리며 질투심에 가슴 졸이는, 사랑에 빠진 여자의 심정을 노래한 짧은 속요.

코짱 집에 놀러 갈래?" 하고 일어섰다가, 다시 복도의 등나무 의자에 한가롭게 앉아,

"도쿄에서 온 성미 급한 녀석들이죠. 벌써 스키를 타고 있네요."

산기슭의 스키장을 바로 옆에서 남쪽으로 내려다볼 수 있는 높은 지대에 이 방이 있었다.

시마무라도 고타쓰에서 뒤돌아보니 스키 슬로프는 눈이 듬성듬성해서 검정 스키복을 입은 대여섯 명이 훨씬 가장자리 쪽의 밭에서 미끄러지고 있었다. 계단식 밭두렁은 아직 눈에 파묻히지 않았고 별로 경사도 지지 않아 전혀 신통할 것이 없었다.

"학생들인 모양이군. 일요일인가? 저렇게 해서 재미있을까?"

"저래 봬도 좋은 자세로 타고 있는 거예요." 하고 고마코는 혼잣말처럼,

"스키장에서 게이샤가 인사를 하면 아이쿠, 자넨가! 하고 손님들이 놀란대요. 새카맣게 눈에 탔으니 못 알아보는 거죠. 밤엔 화장을 하니까."

"역시 스키복을 입고."

"삼파쿠. 아이, 지겨워, 지겨워. 객실에서 말이에요, '그럼 내일은 스키장에서'라는 인사가 이제 곧 닥치는 거죠. 올해는 스키를 관둬 버릴까. 안녕히 계세요. 기미짱, 가자. 오늘밤엔 눈이 올 거야. 눈이 오기 전엔 추워진다."

시마무라는 방금 고마코가 앉아 있던 등나무 의자에 앉아, 스키장 밖 비탈길로 기미코의 손을 잡고 돌아가는 고마코를

보았다.

　구름이 끼어 응달진 산과 아직 햇살을 받고 있는 산이 서로 중첩되어 음지와 양지가 시시각각 변해 가는 모습은 왠지 싸늘해지는 풍경이었다. 이윽고 스키장도 한꺼번에 어두워졌다. 창 밑으로 시선을 던지자, 시든 국화 울타리에 우무[寒天]처럼 서릿발이 서 있었다. 그러나 지붕 위의 눈이 녹아 떨어지는 홈통의 물소리는 쉴새없이 들렸다.

　그날 밤은 눈이 아니라 싸락눈이 내린 뒤 비로 바뀌었다.

　돌아가기 전 달 밝은 밤, 시마무라는 한 번 더 고마코를 불렀다. 공기가 매섭도록 차가워졌다. 11시가 다 되었는데 그녀는 산책을 하자고 억지를 부렸다. 거칠게 그를 고타쓰에서 안아 일으키고는 막무가내로 데리고 나갔다.

　길은 얼어 있었다. 마을은 추위의 밑바닥으로 고요히 가라앉았다. 고마코는 옷자락을 걷어 올려 오비에 찔러 넣었다. 달은 마치 푸른 얼음 속 칼날처럼 투명하게 빛났다.

　"역까지 가요."

　"돌았군. 왕복 십 리 길이야."

　"당신은 곧 도쿄로 돌아가잖아요. 역을 보러 가는 거예요."

　시마무라는 어깨에서 허벅지까지 추위로 얼얼해졌다.

　방으로 돌아오자 갑자기 고마코는 풀이 죽어 고타쓰 깊숙이 두 팔을 집어넣은 채 고개를 숙이고 있었다. 여느 때와 달리 탕에도 들어가지 않았다.

　고타쓰 덮개는 그대로 두어 덮는 이불과 겹치게 하고 요의 끝자락이 마루 고타쓰의 가장자리에 닿도록 잠자리가 하나

퍼져 있었는데, 고마코는 옆에서 고타쓰를 쬐며 가만히 고개를 숙인 모습이었다.

"왜 그래?"

"갈래요."

"바보 같은 소리."

"상관 말고 당신은 쉬세요. 전 이렇게 있고 싶어요."

"왜 가려는 거야?"

"가지 않아요. 날이 밝을 때까지 여기 있겠어요."

"공연히 심술 부리지 말아."

"심술 부리는 거 아녜요. 심술 같은 거 안 부려요."

"그럼?"

"그냥, 몸이 좀……."

"괜찮아, 그런 것쯤. 전혀 상관없어." 하고 시마무라는 웃으며,

"얌전히 있을게."

"싫어요."

"그러게 바보같이 왜 그리 성나서 걷느냐고."

"갈래요."

"갈 필요 없어."

"힘들어요. 당신은 이제 도쿄로 돌아가세요, 힘들어요." 고마코는 고타쓰 위에 얼굴을 묻었다.

힘들다는 건 여행자에게 깊이 빠져 버릴 것만 같은 불안감 때문일까? 아니면 이럴 때 꾹 참고 견뎌야 하는 안타까움 때문일까? 여자의 마음이 여기까지 깊어졌나 보다 하고 시마무라는 한참 동안 말이 없었다.

“그만 돌아가세요.”

“실은 내일 돌아갈까 생각 중이야.”

“어머, 어째서 돌아가려는 거죠?” 고마코는 눈이 번쩍 뜨인 듯 얼굴을 들었다.

“내가 계속 있어 봤자 당신을 어떻게 해 줄 수도 없잖아?”

멍하니 시마무라를 쳐다보고 있다가 갑자기 격한 어조로,

“그게 틀렸어요! 당신은 그게 틀렸다고요.” 하고 애타는 표정으로 일어나 느닷없이 시마무라의 목에 매달려 몸부림치다가,

“당신은 바로 그렇게 말하는 게 틀렸어요. 일어나요. 일어나라니까요.” 하고 중얼거리며 제풀에 넘어졌다. 광기마저 띠고 몸이 불편한 것도 잊었다.

그리고 나선 따스하게 젖은 눈을 떠,

“내일은 정말로 돌아가세요.”라고 나직이 말한 뒤, 머리카락을 주웠다.

다음 날 오후 3시 기차로 출발하기로 한 시마무라가 옷을 갈아입고 있을 때, 여관 주인이 고마코를 복도로 살짝 불러냈다. 그래요, 열한 시간 정도로 해 두세요, 하는 고마코의 대답이 들렸다. 열여서일곱 시간은 너무 길다고 주인이 생각했는지도 모른다.

계산서를 보니 아침 5시에 돌아간 것은 5시까지, 다음 날 12시에 돌아간 것은 12시까지로 모두 시간이 계산되어 있었다.

고마코는 코트에 흰 머플러를 두르고 역까지 배웅을 나왔다.

개다래나무 열매 절임, 버섯 통조림 따위 선물을 사면서 기

차 시간을 기다렸으나 아직 20분이나 남아 있기에, 역 앞 광장을 걸으며 사방이 눈 덮인 산으로 둘러싸인 작은 마을을 둘러보았다. 고마코의 칠흑 같은 머리채는 그늘진 산골짜기의 쓸쓸함 때문에 도리어 초라하게 보였다.

멀리 강 하류의 산 중턱에 의외로 단 한군데, 엷은 햇살이 비친 곳이 있었다.

"내가 온 뒤로 눈이 꽤 녹았군."

"그래도 이틀이면 금방 여섯 자는 쌓여요. 계속 쏟아지면 저 전봇대 전등이 눈 속에 파묻혀 버리죠. 당신 생각을 하며 걷다간 전깃줄에 목이 걸려 다치기 십상이에요."

"그 정도로 쌓이나?"

"요 앞 마을 중학교에선 눈 온 아침에 기숙사 2층 창문에서 알몸으로 눈에 뛰어든대요. 몸이 눈 속에 푹 파묻혀 보이지 않게 되죠. 그래서 수영하듯 눈 속을 헤엄치며 돌아다닌대요. 보세요, 저기도 제설차가 있어요."

"눈 구경하러 오고 싶지만 정월은 여관이 붐빌 테지? 기차는 눈사태에 괜찮을까?"

"당신은 정말 풍족한가 보군요. 늘 그런 생활인가요?" 하고 고마코는 시마무라의 얼굴을 보다가,

"어째서 수염은 안 기르는 거죠?"

"응, 기를 생각이야." 하고 파르스름한 면도 자국을 매만졌다. 그리고 자신의 입가에 생긴 멋진 주름 하나가 부드러운 볼을 적당히 조여 주고 있어, 어쩌면 고마코도 여기에 매력을 느낀 건지도 모른다고 짐작했다.

"한데 당신은 화장을 지우면 늘 방금 면도한 듯한 얼굴이야."

"기분 나쁜 까마귀가 울고 있어요. 어디서 우는 걸까? 추워요." 고마코는 하늘을 올려다보고 두 팔로 가슴을 안았다.

"대합실 난로를 좀 쬘까?"

그때, 도로에서 정류장으로 꺾이는 넓은 길을 허둥대며 달려오는 요코의 삼파쿠가 보였다.

"아앗, 고마짱! 유키오[行男] 씨가, 고마짱!" 요코는 숨을 헐떡이며 마치 엄청나게 무서운 것을 피해 달아난 아이가 엄마에게 달려들듯 고마코의 어깨를 붙잡고,

"빨리 돌아가요, 상태가 이상해요, 어서!"

고마코는 어깨의 아픔을 견디는 양 눈을 감더니 곧 안색이 변했는데, 뜻밖에도 분명하게 고개를 내저었다.

"손님을 배웅해야 하니까 난 돌아갈 수 없어."

시마무라가 놀라며,

"배웅 따윈 아무래도 좋아."

"좋지 않아요. 당신이 언제 또 올지 알 수 없잖아요."

"올게, 온다고."

요코는 이런 대화에 전혀 아랑곳없이 숨이 차서,

"방금 여관으로 전화했더니 역이라고 하기에 달려온 거야. 유키오 씨가 찾아." 하고 고마코를 잡아당기는데 고마코는 꾹 참고 있다가, 갑자기 홱 뿌리치며,

"싫어!"

순간, 두세 걸음 비틀거린 것은 고마코였다. 그리고 왝, 하고 구역질을 했는데 입에서는 아무것도 나오지 않았다. 눈가가

젖고 뺨에 소름이 돋았다.

요코는 멍하니 굳어진 채로 고마코를 응시했다. 그러나 표정은 너무나 진지해서 화가 난 건지, 놀란 건지, 슬픈 건지 알수가 없고 왠지 가면처럼 무척 단순해 보였다.

그런 표정으로 돌아보며 갑자기 시마무라의 손을 붙잡고,

"부탁이에요. 이 사람을 돌려보내 주세요. 돌려보내 주세요." 한결같이 높은 목소리로 매달렸다.

"예, 돌려보내겠습니다." 시마무라는 큰 소리로 말했다.

"빨리 돌아가! 바보 같긴."

"당신이 무슨 참견이에요?" 고마코는 시마무라에게 말하며 손으로 요코를 시마무라에게서 밀쳐 냈다.

시마무라가 역 앞의 자동차에 손짓을 하려는데, 요코에게 꼭 잡혀 있던 손끝이 저려 왔다.

"저 차로 지금 곧 돌려보낼 테니까, 우선 당신은 먼저 가는 게 좋겠군요. 여기서 이러면 사람들이 봅니다."

요코는 고개를 끄덕이며,

"빨리요, 빨리!" 하고 말을 끝내자마자 뒤돌아 달려 나가는 품이 거짓말처럼 싱거웠는데, 멀어지는 뒷모습을 지켜보면서, 어째서 저 처녀는 늘 저렇듯 진지한 모습일까 하는 엉뚱한 의문이 시마무라의 마음을 스쳤다.

요코의 슬프도록 아름다운 목소리는 어딘가 눈 덮인 산에서 당장이라도 메아리쳐 올 듯 시마무라의 귀에 남아 있었다.

"어딜 가세요?" 하고 고마코는 시마무라가 자동차 운전사를 찾으러 가려는 것을 말리며,

"싫어요. 전 안 돌아가요."

문득 시마무라는 고마코에게 육체적인 증오를 느꼈다.

"당신들 세 사람 사이에 어떤 사정이 있는진 몰라도 그 아들은 지금 죽을지도 몰라. 그래서 만나고 싶어하니까 찾으러 온 게 아냐? 그냥 돌아가. 평생 후회할 거야. 이렇게 말하는 사이, 숨이라도 끊어지면 어떡할 거야? 고집 부리지 말고 깨끗이 잊어버려."

"그렇지 않아요. 당신은 오해하고 있어요."

"당신이 도쿄로 팔려 갈 때 배웅해 준 오직 한 사람 아냐? 가장 오래된 일기에 맨 먼저 써 놓은 그 사람의 마지막을 배웅하지 않는 법이 어디 있나? 그 사람 목숨의 맨 마지막 장에 당신을 쓰러 가는 거야."

"싫어요, 사람이 죽는 걸 보는 건."

이 말이 차가운 박정함으로도, 너무나 뜨거운 애정으로도 들리기에 시마무라는 망설였다.

"일기 따윈 이제 쓸 수 없어요. 태워 버릴 거야." 하고 고마코가 중얼거리는 사이, 왠지 뺨이 붉어졌다.

"당신은 솔직한 사람이죠? 솔직한 사람이라면 제 일기를 모두 보내 드릴 수 있어요. 절 비웃지 않는 거죠? 당신은 솔직한 사람이라고 생각해요."

시마무라는 영문을 알 수 없는 감동을 받아, 그렇다, 나만큼 솔직한 인간은 없다는 느낌이 들자, 더 이상 고마코에게 억지로 돌아가라고 말하지 않았다. 고마코도 입을 다물고 말았다.

여관 출장소에서 주인이 나와 개표를 알렸다.

칙칙한 겨울 복장을 한 이 고장 사람 네다섯 명이 말없이 내리고 탔을 뿐이었다.

"플랫폼에는 들어가지 않을래요. 안녕." 하고 고마코는 대합실 안 창가에 서 있었다. 창문은 닫혀 있었다. 기차 안에서 바라보니, 초라한 한촌(寒村) 과일 가게의 뿌연 유리 상자 속에 이상한 과일이 달랑 하나 잊혀진 채 남은 것 같았다.

기차가 움직이자마자 대합실 유리가 빛나고 고마코의 얼굴은 그 빛 속에 확 타오르는가 싶더니 금세 사라지고 말았다. 바로 눈 온 아침의 거울 속에서와 똑같은 새빨간 뺨이었다. 시마무라에게는 또 한 번 현실과의 이별을 알리는 색이었다.

국경의 산을 북쪽으로 올라 긴 터널을 통과하자, 겨울 오후의 엷은 빛은 땅밑 어둠 속으로 빨려 들어간 듯했다. 낡은 기차는 환한 껍질을 터널에 벗어던지고 나온 양, 중첩된 봉우리들 사이로 이미 땅거미가 지기 시작하는 산골짜기를 내려가고 있었다. 이쪽에는 아직 눈이 없었다.

개울을 따라 이윽고 너른 벌판으로 나오자, 신기하게 깎아지른 정상으로부터 완만하고 아름다운 사선(斜線)이 멀리 산기슭까지 뻗어 내린 능선 위에 달이 떠올랐다. 들판 끝, 단 하나의 볼거리인 그 산의 온전한 모습을 엷게 노을진 하늘이 짙은 남빛으로 선명하게 그려 냈다. 달은 아직 흐릿하여 겨울밤의 차고 깨끗한 느낌은 없었다. 새 한 마리 날지 않는 하늘이었다. 산자락에 펼쳐진 들판이 거침없이 좌우로 드넓게 뻗어나가 강가에 거의 닿을 만한 지점에, 새하얀 수력 발전소 같은 건물이 서 있었다. 그리고 그것은 황량한 겨울 차창 밖에서 어슴푸레 저물어 갔다.

창은 스팀 온기로 흐려지기 시작하고 밖을 흐르는 들판도 어둑해짐에 따라 다시 승객 모습이 유리창에 반쯤 투명하게 비쳐졌다. 그때의 저녁 풍경 거울의 장난이었다. 도카이도 선[東海道線]22)과는 달리 너무 오래 사용하여 낡고 색이 바랜 구식 객차가 서너 차량 정도만 연결되어 있는 모양이다. 전등도 어둡다.

시마무라는 뭔가 비현실적인 것을 타고 시간도 거리감도 사라진 채 덧없이 몸이 실려 가는 듯한 방심 상태에 빠져들자, 단조로운 차량의 울림이 그녀의 말소리처럼 들려오기 시작했다.

그런 말들은 짧게 뚝뚝 끊어지면서도 여자가 힘껏 살아가고 있다는 표시인 탓에 듣기 괴로울 정도였기 때문에, 그가 잊지 못하는 것이었다. 하지만 이렇듯 멀어져 가는 지금의 시마무라에겐 여수(旅愁)를 돋우는 데 불과한 이미 멀어진 소리였다.

바로 지금쯤 유키오는 숨을 거두고 말았을까? 무슨 까닭인지 완고하게 돌아가지 않더니, 고마코는 유키오의 임종을 지켜보기는 했을까?

승객은 기분 나쁠 정도로 적었다.

쉰 살가량의 남자와 얼굴이 붉은 처녀가 서로 마주 보며 쉴 새 없이 이야기를 나눌 뿐이었다. 통통한 어깨에 검정 목도리를 두른 처녀는 마치 타오르는 듯한 멋진 혈색을 띠고 있

---

22) 도쿄에서 교토에 이르는 간선 도로.

었다. 가슴을 내밀어 열심히 듣고 즐거운 듯 응수하고 있었다. 두 사람은 긴 여행 중인 것 같았다.

그런데 제사(製絲) 공장 굴뚝이 보이는 정류장에 오자, 늙은이는 당황해하며 선반에 올려 놓은 버들고리를 내려 창에서 플랫폼 밖으로 떨어뜨렸다.

"그럼 인연이 있으면 다시 봄세." 처녀에게 말을 남기고 기차에서 내렸다.

시마무라는 왈칵 눈물이 쏟아질 것 같아 자신도 깜짝 놀랐다. 그래서 더욱 여자와 헤어지고 가는 길임을 실감했다.

두 사람이 그저 우연히 합승한 사이라고는 꿈에도 생각지 못한 것이다. 남자는 행상인쯤 되리라.

나방이 알을 스는 계절이니까 양복을 옷걸이나 벽에 건 채로 두지 말라고, 도쿄의 집을 나설 때 아내가 말했다. 와 보니 아니나 다를까, 여관 방 처마 끝에 매단 장식등에는 옥수수 빛깔의 커다란 나방이 예닐곱 마리나 착 달라붙어 있었다. 옆방 옷걸이에도 작지만 몸집이 통통한 나방이 앉아 있었다.

창문에는 아직 여름용 방충망이 쳐져 있었다. 그 망에 나방 한 마리가 꼼짝도 않고 매달려 있었다. 노송나무 껍질 빛깔의 작은 깃털 같은 촉각을 내밀고 있었다. 그러나 날개는 훤히 내비치는 엷은 녹색이었다. 여자 손가락 길이만 한 날개였다. 맞은편에 펼쳐진 국경의 산들이 석양을 받아 이미 가을빛을 띠고 있어, 이 한 점 연녹색은 오히려 죽음과 다를 바 없었다. 앞뒤 날개가 서로 겹쳐진 부분만 짙은 녹색이다. 가을바람이 불자, 그 날개는 얇은 종이처럼 하늘하늘 흔들렸다.

살아 있나 싶어 시마무라가 일어나 철망 안쪽에서 손가락으로 퉁겨 봐도 나방은 움직이지 않았다. 주먹으로 세게 치자, 나뭇잎처럼 툭 떨어졌다. 떨어지면서 가볍게 날아올랐다.

자세히 보니, 반대쪽 삼나무 숲 앞에는 헤아릴 수 없을 정도로 잠자리떼가 흐르고 있었다. 민들레 솜털이 떠다니는 듯했다.

산자락의 강물이 삼나무 가지 끝에서 흘러나오는 것처럼 보였다.

흰싸리 같은 꽃이 높다란 산 중턱에 흐드러지게 피어 은빛으로 반짝이는 모습을, 시마무라는 지루한 줄 모르고 오래 바라보았다.

실내탕에서 나오니 러시아 여자 행상이 현관에 걸터앉아 있었다. 이런 시골에도 다니는가 싶어 시마무라는 보러 갔다. 흔해빠진 일본 화장품이나 머리핀 등속이었다.

마흔을 훌쩍 넘은 듯 얼굴은 잔주름으로 지저분해 보였는데, 엿보이는 굵은 목덜미 언저리가 희게 번들거렸다.

"어디서 왔소?" 하고 시마무라가 묻자,

"어디서 왔소? 나, 어디서 왔습니까?" 하고 러시아 여자는 대답을 찾지 못해, 펼쳐 놓은 물건들을 거두며 생각하려 애썼다.

불결한 천을 두른 듯한 스커트는 더 이상 양장이라는 느낌도 사라졌는데, 일본적인 것에 익숙해진 모습으로 커다란 보따리를 등에 지고 돌아갔다. 그래도 구두는 신고 있었다.

함께 지켜본 여관 안주인을 따라 시마무라도 사무실로 가니, 화롯가에 덩치 큰 여자가 뒤로 돌아앉아 있었다. 여자는 옷자락을 잡고 일어섰다. 검정 예복을 입고 있었다.

스키장 선전 사진에서 연회복에다 무명 삼파쿠를 입고 스키를 신은 채, 고마코와 나란히 서 있어서 시마무라도 낯이 익은 게이샤였다. 넉넉하고 듬직해 보이는 나이 든 여자였다.

여관 주인은 화로에 부젓가락을 걸쳐 놓고, 큼직하니 둥근 만두를 굽고 있었다.

"이거 하나 드시죠. 축하 선물이니까 심심풀이로 맛보세요."

"아까 그 사람이 그만두는 겁니까?"

"예."

"좋은 게이샤던데요."

"기한이 다 차서 인사하러 온 거죠. 잘 나가던 아이였습니다만."

시마무라가 뜨거운 만두를 불어 가며 한입 베어 물자, 딱딱한 껍질이 묵은 냄새로 약간 시큼했다.

창밖은 빨갛게 익은 감에 저녁 해가 비치는데 그 빛은, 천장에서부터 길게 화로 위에 늘어뜨린 고리의 대나무통에까지 파고들 것 같았다.

"엄청 긴 갈대군요." 하고 시마무라는 놀라 언덕길을 보았다. 짐 지고 가는 할멈의 키보다 족히 두 배나 된다. 긴 이삭이었다.

"저건 억새인걸요."

"억새, 억새라고요?"

"철도청 온천 전람회 때 휴게소인가 찻집인가를 만들어 억새 지붕을 이었지요. 잘은 몰라도 도쿄의 어떤 분이 그 찻집을 몽땅 사들였다네요."

"억새라고요." 하고 시마무라는 한 번 더 혼잣말하듯 중얼거리고는,

"그렇다면 산에 핀 건 억새군요. 싸리꽃인 줄 알았습니다."

시마무라가 기차에서 내리자 맨 먼저 눈에 들어온 것이 이 산의 흰 꽃이었다. 경사가 가파른 산 중턱에서 정상 가까이 사방 가득 흐드러지게 피어 은빛으로 반짝이고 있었다. 산 위에 쏟아져 내리는 가을 햇살을 방불케 해, 아아, 하고 감동에 젖었던 것이다. 그걸 흰싸리로 알았다.

그러나 가까이서 보는 억새의 거칠고 사나워 보이는 모습은 먼산을 우러르는 감상의 꽃과는 전혀 딴판이었다. 큼직한 다발은 그것을 지고 가는 여자들의 모습을 완전히 가린 채, 언덕길 양쪽 절벽 위에서 부스럭부스럭 소리를 냈다. 억센 이삭이었다.

방으로 돌아와 보니, 10촉짜리 등이 켜진 어둑한 옆방에서 오동통한 그 나방이 까만 옷걸이에 알을 슬며 걸어 다녔다. 처마 끝의 나방도 파닥거리며 장식등에 몸을 부딪고 있었다.

벌레들은 한낮부터 울어 댔다.

고마코는 약간 늦게 왔다.

복도에 선 채 똑바로 시마무라를 응시하며,

"뭣하러 왔어요, 이런 델 왜 왔죠?"

"당신 만나러 온 거야."

"마음에도 없는 말씀. 도쿄 사람은 거짓말쟁이라서 싫어요."

그러고는 앉으면서 목소리를 부드럽게 가라앉혀,

"이제 배웅하는 건 싫어요. 뭐라 말할 수 없는 기분이에요."

"알았어, 이번엔 조용히 돌아갈게."

"싫어요. 정류장엘 가지 않겠다는 말이에요."

"그 사람은 어떻게 됐지?"

"물론 죽었죠."

"당신이 배웅하는 사이?"

"하지만 그것과는 다른 일이에요. 배웅하는 게 그토록 힘들 줄은 몰랐어요."

"응."

"그런데 2월 14일은 어떻게 된 거예요? 거짓말쟁이. 얼마나 기다렸다고요. 이제 당신 말은 안 믿을 테니 상관없어요."

2월 14일에는 '새 쫓기 축제'가 있다. 눈 지방답게 아이들을 위한 연중행사다. 열흘쯤 전부터 마을 아이들은 짚신으로 눈을 꼭꼭 밟아 그 눈판을 두 자 정도 되게 자른 뒤, 여러 개를 이어 쌓고 눈집을 만든다. 세 칸에다 사방 높이가 열 자나 되는 눈집이다. 14일 밤은 집집마다 금줄을 얻어 와 눈집 앞에서 환하게 모닥불을 피운다. 이 마을의 설날은 2월 초하루여서 금줄이 있었다. 그리고 아이들은 눈집 지붕에 올라가 서로 밀치락달치락, 새 쫓기 노래를 부른다. 그런 다음 눈집에 들어가 등을 밝히고 거기서 밤을 새운다. 그리고 15일 새벽에 한번 더 눈집 지붕 위에서 새 쫓기 노래를 부르는 것이다.

바로 이 무렵은 눈이 가장 많이 쌓이는 시기인지라, 시마무라는 새 쫓기 축제를 보러 오겠다고 약속했었다.

"전, 2월에 고향엘 갔었어요. 장사는 쉬었죠. 꼭 오실 줄로 믿고 14일에 돌아왔어요. 좀더 느긋하게 간병하고 왔더라면 좋았을 텐데."

"누가 아픈가?"

"선생님이 항구에 나가셨다가 폐렴에 걸리고 말았어요. 제가 마침 고향에 있을 때 전보가 와서 간호를 했어요."

"괜찮아지셨나?"

"아뇨."

"그거 참 안됐군." 하고 시마무라가 약속을 지키지 못한 것을 사과하듯, 또 선생의 죽음을 애도하듯 말하자,

"아니에요." 하고 고마코는 갑자기 얌전하게 머리를 흔들고 손수건으로 책상을 털어내며,

"지겨운 벌레들."

탁자에서 다다미 위로 쬐끄만 날벌레들이 부스스 떨어져 내렸다. 작은 나방 여러 마리가 전등 주변을 맴돌았다.

방충망 밖에도 헤아릴 수 없이 많은 종류의 나방들이 다닥다닥 내려앉아 청명한 달빛을 받고 있었다.

"배가 아파, 배가 아파요." 고마코는 두 손을 오비 사이로 쑥 질러 넣더니 시마무라의 무릎에 엎드렸다.

옷깃이 들려진 화장기 짙은 목덜미로도 모기보다 작은 벌레가 바로 떼지어 떨어졌다. 순식간에 죽어 버려 그 자리에서 꼼짝 않는 것도 있었다.

목덜미께가 작년보다 살이 쪄 기름기가 올라 있었다. 스물

하나가 되었구나 하고 시마무라는 생각했다.

그의 무릎에 따스한 습기가 전해져 왔다.

"사무실 사람들이 고마짱, 동백실(冬柏室)에 가 봐, 하고 싱글거리는 거예요. 전 그게 마음에 안 들어요. 언니를 기차로 배웅하고 돌아와 푹 자려고 했는데, 여기서 연락이 왔다잖아요. 피곤해서 웬만하면 거절할까 생각했죠. 어젯밤 너무 마셨거든요. 언니 송별회였어요. 사무실에선 웃기만 할 뿐 가르쳐 주질 않았는데, 알고 보니 당신이군요. 1년 만이에요. 1년에 한 번 오는 사람인가요?"

"그 만두는 나도 먹었어."

"그래요?" 하고 고마코는 가슴을 일으켰다. 시마무라의 무릎에 눌려 있던 부분만이 발개져 갑자기 앳된 얼굴로 보였다.

두 번째 정거장까지 그 나이 든 게이샤를 배웅해 주었다고 했다.

"시시해요. 전엔 뭐든지 일이 금방 풀렸는데 점점 개인주의가 되어 제멋대로예요. 이곳도 엄청 바뀐 거죠. 마음에 안 드는 사람만 늘어 가고 있어요. 기쿠유 언니가 없으니 전 쓸쓸해요. 뭐든 그 사람이 중심이었으니까요. 제일 인기가 있었고 돈도 제일 많이 벌어 주인도 아꼈었죠."

그 기쿠유가 기한이 다 끝나 고향으로 간다면 결혼하는 건가, 아니면 물장사를 계속하는 건가 하고 시마무라가 묻자,

"언니도 불쌍한 사람이에요. 전에 한 번 결혼에 실패하고서 여길 왔어요." 하고 고마코는 다음 말을 얼버무리고 잠시 머뭇거리다가, 달빛이 내리는 경사진 밭을 내려다보며,

"저기 언덕 중간쯤에 새로 지은 집이 보이죠?"

"기쿠무라라는 요릿집?"

"네. 저 가게에 들어가기로 되었는데, 언니 마음이 변하는 통에 모두 허사가 되고 말았죠. 난리가 났었어요, 일부러 자기를 위해 집을 짓게 해 놓고선 막상 들어갈 참이 되니까 차 버린 거예요. 따로 좋아하는 사람이 생겨 그이와 결혼할 맘이었는데 언니가 속았던 거죠. 한번 빠지면 그렇게 되는 건가요? 그 남자에게 버림받았다고 뒤늦게 원래대로 돌아가, 가게를 맡겠어요, 할 수도 없는 노릇인 데다 창피해서 이 고장에는 더 이상 있을 수도 없으니 다시 다른 데서 돈벌이를 시작하려는 거예요. 생각하면 가여워요. 자세한 건 우리도 잘 모르지만, 여러 사람이 있었나 봐요."

"남자가 말이지? 댓 명이나 있었나?"

"글쎄요." 고마코는 웃음을 띠며 슬쩍 얼굴을 돌렸다.

"언니도 맘이 약한 사람이었어요. 겁쟁이죠."

"도리 없지."

"그래도 그렇지 않잖아요. 사랑받았다는 게 뭔가요?"

고개를 숙인 채 머리꽂이로 머리를 긁었다.

"오늘 배웅 갔다가 마음이 아팠어요."

"그래서 새로 지은 가게는 어찌됐나?"

"본처가 와서 하고 있어요."

"본처가 오다니, 그거 재미있군."

"개업 준비까지 완전히 끝낸 상태였으니까요. 그렇게라도 해야겠죠. 아이들도 모두 데리고 본처가 옮겨 왔어요."

"집은 어쩌고?"

"할머니가 혼자 남으셨대요. 주인은 원래 농사꾼인데 놀기를 좋아하나 봐요. 재미있는 사람이죠."

"한량이로군. 꽤 나이가 들었겠지?"

"젊어요. 서른두세 살쯤?"

"호오, 그렇다면 본처보다 첩이 연상이겠는걸?"

"스물일곱 동갑이에요."

"기쿠무라라는 이름은 기쿠유의 기쿠겠지? 그걸 본처가 떠맡다니."

"한번 내건 간판을 다시 바꿀 수도 없어서겠죠."

시마무라가 옷깃을 여미자, 고마코는 일어나 창을 닫았다.

"언니는 당신을 잘 알더군요. 오셨더라며 오늘도 알려 주었어요."

"인사하러 들른 걸 사무실에서 봤지."

"뭐래요?"

"아무 말도."

"제 기분이 어떤지 아세요?" 하고 고마코는 방금 닫은 창을 활짝 열어 창턱에 몸을 내던지듯 걸터앉았다. 한참 후에 시마무라는,

"별빛이 도쿄완 전혀 다르군. 공중에 떠 있는 것 같아."

"달밤이라 그렇지도 않아요. 올해 눈은 엄청났죠."

"기차가 자주 불통이었다지?"

"네, 무서울 정도로. 자동차가 다닌 게 예년보다 한 달이나 늦어져 5월이었어요. 스키장 매점을 보셨죠? 그 2층으로 눈사

태가 몰아쳤는데 밑에 있던 사람들은 그것도 모르고 이상한 소리가 나니까 쥐가 돌아다니나 보다 했죠. 부엌에 가 봐도 아무 일 없기에 2층에 올라가니 온통 눈투성이였던 거예요. 덧문이고 뭐고 다 눈에 쓸려가 버렸어요. 표층(表層) 눈사태인데 이걸 라디오 방송으로 크게 떠들어 댔죠. 겁을 먹고서 스키 손님들이 오지 않아요. 올핸 아예 안 탈 작정으로 지난 연말에 스키를 남 줘 버렸어요. 그렇긴 해도 두세 번 탔으려나. 저, 변한 거 없어요?"

"선생님이 죽고, 어떻게 지냈나?"

"남의 일엔 신경 쓰지 마세요. 2월엔 분명히 여길 와 기다렸어요."

"항구에 가 있었다면 그렇다고 편지를 보내도 되잖아?"

"싫어요. 그런 구차한 건 싫어요. 부인이 읽어도 되는 그런 편지 따윈 쓰지 않아요. 구차스러워요. 눈치 봐 가며 거짓말할 필요 없잖아요."

고마코는 격렬하게 내뱉듯 재빨리 말했다. 시마무라는 고개를 끄덕였다.

"그렇게 벌레 많은 데 앉아 있지 말고, 전등을 끄시는 게 좋아요."

여자의 올록볼록한 귀 모양을 또렷이 드러낼 만큼 달은 밝았다. 깊숙이 파고들어 다다미에 차갑게 푸른빛이 감돌았다.

고마코의 입술은 아름다운 거머리 테처럼 매끄러웠다.

"싫어, 보내 줘요."

"여전하군." 시마무라는 목을 젖히고, 어딘가 묘하게 다소

가운데가 도드라진 둥근 얼굴을 바로 가까이서 바라보았다.

"열일곱에 여기 왔을 때와 조금도 변하지 않았다고 모두들 그래요. 생활도 거의 똑같은걸요."

추운 지방 소녀의 뺨의 홍조가 여전히 짙게 남아 있다. 게이샤다운 살결 위로 달빛이 조가비 같은 윤기를 보태었다.

"하지만 우리 집이 바뀐 거 아세요?"

"선생님이 죽고 나서? 이제 그 누에 방에서는 살지 않을 테지. 이번엔 진짜 포줏집인가?"

"진짜 포줏집? 그래요, 가게에서 막과자나 담배를 팔아요. 저 혼자뿐이에요. 이번엔 진짜 고용인이니까요. 밤이 깊어지면 촛불을 켜고 책을 읽어요."

시마무라가 어깨를 그러안고 웃자,

"계량기로 재니까 전기를 낭비하면 안 돼요."

"그런가."

"하지만 이런 게 고용인인가 싶을 만치 주인이 너무 친절하게 대해 줘요. 아이가 울거나 하면 안주인이 먼저 들쳐 업고 밖으로 나가는 거예요. 아무 불만 없는데 이부자리가 비뚠 것만은 싫어요. 늦게 돌아오면 대신 깔아 주거든요. 요가 반듯하지 못하다거나 시트가 흐트러진 걸 보면 정나미가 싹 가셔요. 그렇다고 직접 새로 깔기도 미안하죠. 친절이 고마우니까."

"당신은 시집가면 고생이겠군."

"모두들 그러더군요. 천성이죠. 집에 어린애가 넷 있는데 마구 어지럽혀 성가셔요. 전 그걸 하루 종일 치우고 다녀요. 치우고 나면 어차피 어지럽혀지는 걸 알지만 신경 쓰여서 그냥 내버려 둘 수 없어요. 사정이 허락하는 한, 그래도 전, 깔끔하게 살고 싶거든요."

"그렇군."

"그런 제 기분을 아세요?"

"알아."

"알면 말해 봐요. 자, 말해 봐요!" 고마코는 돌연 절박한 목소리로 대들었다.

"그것 보세요. 아무 말도 못 하시면서. 거짓말뿐이야. 당신은 풍족하게만 사니까 사람이 덜 됐어요. 알 리가 없어!"

그러곤 목소리를 가라앉혀,

"슬퍼요. 제가 바보예요. 내일 그만 돌아가세요."

"그렇게 당신처럼 마구 다그친들, 분명히 얘길 할 수가 없어."

"왜 할 수 없어요? 당신은 그게 틀렸어요." 하고 고마코는 거의 절망적인 목소리로 말했다. 그러나 가만히 눈을 감은 채 시마무라가 이제야 자신을 제대로 느낄 수 있게 되었다는 것을 알아챈 듯한 태도로,

"1년에 한 번이라도 좋으니 와 줘요. 제가 여기 있는 동안은 1년에 한 번, 꼭 와 주세요."

기한은 4년이라고 했다.

"고향 집에 갈 때는 다시 이 일에 나서게 되리라곤 꿈에도 생각 못 하고 스키도 남 줘 버렸는데, 해낸 일이라곤 담배를 끊은 것뿐이에요."

"그래, 전엔 꽤 피웠었지."

"네. 객실에서 손님이 주는 걸 받아 살짝 소맷자락에 넣고

돌아와 보면 제법 나오기도 하죠."

"한데 4년은 좀 길군."

"금방 지나갈 거예요."

"따뜻해." 하고 시마무라는 고마코가 다가오자 끌어안았다.

"따뜻한 건 타고난걸요."

"이제 아침 저녁으로 제법 쌀쌀해졌어."

"제가 여기 온 지 5년 됐어요. 처음엔 이런 데서 어떻게 사나 하고 불안했죠. 기차가 개통되기 전엔 쓸쓸했어요. 당신이 처음 이곳에 온 지도 벌써 3년째예요."

그 3년이 채 안 되는 동안 세 번 왔고, 그때마다 고마코의 처지가 바뀌어 있었던 것을 시마무라는 생각했다.

갑자기 철써기[23]들이 요란하게 울어 댔다.

"아이, 시끄러워." 하고 고마코는 그의 무릎에서 몸을 일으켰다.

북풍이 불어와 방충망에 앉았던 나방이 일제히 날아올랐다.

검은 눈을 살포시 뜨고 있는 듯 보이는 것은 짙은 속눈썹을 감은 탓이라고 시마무라는 이미 알면서도, 역시 가까이에서 들여다보았다.

"담배를 끊고 나니 살이 쪘어요."

뱃살이 두터워져 있었다.

떨어져 있으면 붙잡기 힘들어도 이렇듯 곁에서 지켜보노라니 금방 친근감이 되살아난다.

---

23) 여칫과의 곤충. 녹색 또는 어두운 갈색으로 여치와 비슷하나 훨씬 크다.

고마코는 살며시 손바닥을 가슴에 대고,

"한쪽이 커졌어요."

"바보. 그 사람 버릇이로군, 한쪽만."

"어머, 싫어요. 거짓말, 짓궂은 사람이야." 하고 고마코는 갑자기 돌변했다. 바로 이랬었지 하고 시마무라는 떠올렸다.

"양쪽 다 골고루, 라고 요다음부턴 그렇게 말해."

"골고루? 골고루라고 말해요?" 하고 고마코는 부드럽게 얼굴을 갖다 댔다.

이 방은 2층인데도 집 주위를 두꺼비가 울며 돌아다녔다. 한 마리가 아니라 두세 마리씩 서성대는 모양이다. 두꺼비 울음 소리는 쉬 그치지 않았다.

실내탕에서 돌아오자, 고마코는 편안하고 조용한 목소리로 다시 자신의 신상 이야기를 꺼냈다.

여기서 처음 검사받을 때, 동기(童妓)였을 무렵과 똑같을 거라 생각하고 웃옷만 벗었다가 웃음거리가 된 일, 그러고는 울음을 터뜨리고 만 일까지 얘기했다. 시마무라가 묻는 대로,

"전 정말 정확해요, 이틀씩 어김없이 빨라져요."

"그래도 객실로 나가는 데 별 문제는 없을 테지?"

"아니, 그런 것도 아세요?"

몸을 덥혀 준다는 유명한 온천에 매일 들어가는 데다, 옛 온천과 새 온천 사이의 술자리에 불려 다니다 보면 10리씩을 걷게 되는 셈이고, 밤샘을 거의 않는 산골 생활이라 건강하고 탄탄한 몸집이긴 했으나, 게이샤들이 흔히 그러하듯 허리가 잘록한 편이었다. 좁으면서 도톰했다. 그러면서도 시마무라가

이끌려 멀리서 찾아올 정도의 여자라는 사실은 애처로운 구석이 있었다.

"저 같은 여잔 아이를 가질 수 없을까요?" 하고 고마코는 순진하게 물었다. 오직 한 사람과 사귀고 있으면 부부나 마찬가지가 아니겠냐는 것이었다.

고마코에게 그런 사람이 있다는 것을 시마무라는 처음 알았다. 열일곱 살 때부터 5년째 사귄다고 했다. 시마무라가 전부터 의아스러워했던 고마코의 무지와 무경계가 이제 이해되었다.

동기 때 몸값을 치러 빼내 준 사람과 사별한 뒤 항구로 돌아가자마자 그 이야기가 나온 탓인지, 고마코는 처음부터 줄곧 그 사람이 싫었고 여태 서먹서먹한 느낌이라고 했다.

"5년이나 지났으면 상당한걸?"

"헤어질 기회는 두 번이나 있었어요. 여기서 게이샤로 나설 때와 선생님 집에서 지금 집으로 옮길 때. 하지만 의지가 강하질 못해요. 정말이지 의지가 약해요."

그 사람은 항구에 있다고 했다. 그 동네에 있으면 불편할 테니까 선생이 이 마을에 올 때 함께 맡겨 보냈다는 것이다. 친절한 사람인데 한 번도 몸을 허락할 마음이 내키지 않는 게 슬프다고 했다. 나이 차가 많아 가끔씩밖에 오지 않는다고 했다.

"어떻게 하면 관계를 끊을 수 있을까, 아주 못된 짓을 저질러 버릴까 하고 더러 생각하죠. 정말 그렇게 생각할 때가 있어요."

"못된 짓은 좋지 않아."

"못된 짓은 못 해요. 역시 천성이라 안 돼요. 전 살아 있는

제 몸을 사랑해요. 하려고 마음먹으면 4년 기한이 2년도 될 수 있지만 무리는 안 해요. 몸이 소중하니까. 무리하면 돈은 엄청 벌겠죠. 기한제니까 주인에게 손해만 안 끼치면 돼요. 달 수로 원금이 얼마, 이자가 얼마, 세금이 얼마, 거기다 제 생활비를 계산에 넣으면 금방 알 수 있죠. 그 이상 너무 무리해서 일할 필요는 없어요. 귀찮은 술자리라 싫으면 곧바로 돌아와 버리고, 단골손님이 지명한 게 아니면 여관에서도 밤늦게 부르러 오지 않죠. 사치를 부리자면 끝도 없겠지만, 내키는 대로 벌고 그걸로 충분해요. 벌써 원금을 반 이상 갚았어요. 아직 1년도 안 된걸요. 그래도 용돈이니 뭐니 해서 이럭저럭 매달 30엔은 들어요."

한 달에 100엔 벌면 된다고 했다. 지난달 가장 적게 번 사람이 60엔이라고 했다. 고마코는 연회 수가 구십몇 개로 제일 많았고 연회 한 번마다 일정한 액수가 자기 몫이 되니까 주인에게는 손해지만, 대신 부지런히 돌아다닌다고 했다. 빚이 늘어 기한을 연기한 사람은 이 온천장에 한 사람도 없다고 했다.

다음 날 아침, 고마코는 어김없이 일찍 일어나,

"꽃꽂이 선생님 방을 청소하는 꿈을 꾸다가 잠이 깼어요."

창가로 내다 놓은 경대에 단풍 든 산이 비쳐 보였다. 거울 속에서도 가을 햇살이 밝았다.

막과자 가게의 여자아이가 고마코가 갈아입을 옷을 가져왔다.

"고마쨩!" 하고 슬프도록 해맑은 목소리로 문 밖에서 부르는, 그 요코는 아니었다.

"그 처녀는 어찌되었나?"

고마코는 흘끗 시마무라를 보며,

"성묘만 다니고 있어요. 스키장 아래 저기 메밀밭이 있죠? 흰 꽃이 피어 있는. 그 왼쪽으로 무덤이 보이죠?"

고마코가 돌아간 뒤 시마무라도 마을로 산책하러 나갔다.

하얀 벽 처마 밑에서 주홍색 새 플란넬 삼파쿠를 입은 여자아이가 고무공을 치는 모습이 참으로 가을다웠다.

옛날 무사들이 지나다닐 무렵에도 있었으리라고 짐작되는 고풍스런 모양의 집이 많았다. 차양이 깊다. 2층 장지문 창은 높이가 한 자밖에 되지 않고 길쭉하다. 처마 끝에는 억새로 만든 발이 쳐져 있다.

제방 위에 참억새를 심은 울타리가 있었다. 참억새는 연노랑 꽃이 한창이었다. 갸름한 이파리가 한 가닥씩 분수처럼 아름답게 퍼져 있었다.

그리고 길가 양지 쪽에서 멍석을 깔고 팥을 터는 이는 요코였다.

마른 콩깍지에서 팥이 작은 빛 알갱이처럼 튀어 오른다.

수건을 쓰고 있어 시마무라가 보이지 않는지 삼파쿠 차림의 요코는 무릎을 벌린 채 팥을 털면서 그 슬프도록 영롱한, 메아리칠 듯한 목소리로 노래하고 있었다.

나비, 잠자리, 여치

산에서 지저귀네

귀뚜라미, 방울벌레, 철써기

삼나무에서 푸드득 날아오르는 저녁바람 속 까마귀가 크도다, 하는 노래가 있지만, 여기 창에서 내려다보이는 삼나무 숲 앞에는 오늘도 잠자리떼가 흐르고 있다. 저녁이 깊어지면서 잠자리들의 흐름도 다급하게 속력을 내는 것 같았다.

시마무라는 출발 전 역 매점에서 새로 나온 이 지역의 산 안내서를 사 왔다. 그것을 눈에 띄는 대로 읽고 있자니, 이 방에서 내다보이는 국경의 산들 중 어느 한 정상 부근에는 아름다운 못과 늪을 잇는 오솔길이 있어 일대의 습지에서 다양한 고산 식물이 흐드러지게 꽃을 피우고, 여름이면 고추잠자리가 무심히 노닐다가 모자나 사람 손, 때로는 안경테에까지 날아와 앉아, 그 한가로움이 도시의 잠자리와는 비할 바가 못 된다고 쓰여 있었다.

그러나 눈앞의 잠자리떼는 뭔가에 쫓기고 있는 듯 보인다. 날이 저물수록 거무스름해지는 삼나무 숲 빛깔에 제 모습이 사라질까 초조해하는 것 같다.

먼 산은 석양을 받아, 봉우리에서부터 차츰 단풍 든 것을 뚜렷이 알 수 있었다.

"사람은 참 허약한 존재예요. 머리부터 뼈까지 완전히 와싹 뭉개져 있었대요. 곰은 훨씬 더 높은 벼랑에서 떨어져도 몸에 전혀 상처가 나지 않는다는데." 하고 오늘 아침 고마코가 했던 말을 시마무라는 떠올렸다. 암벽에서 또 조난 사고가 있었다는 그 산을 가리키며 한 말이었다.

곰처럼 단단하고 두꺼운 털가죽이라면 인간의 관능은 틀림없이 아주 다르게 변했을 것이다. 인간은 얇고 매끄러운 피부를 서로 사랑하는 것이다. 그렇게 생각하며 노을진 산을 바라보노라니, 감상적이 되어 시마무라는 사람의 살결이 그리워졌다.

'나비, 잠자리, 여치……' 하는 그 노래를, 이른 저녁 식사 때 서툰 샤미센으로 부르는 게이샤가 있었다.

산 안내서에는 등산로, 일정, 숙박소, 비용 등이 간단히 적혀 있을 뿐이어서 오히려 자유로운 공상을 키워 주었다. 시마무라가 처음 고마코를 알게 된 것도, 아직 눈이 희끗희끗한 가운데 신록이 싹을 틔우는 산을 걸어 이 온천 마을로 내려왔을 때의 일이었다. 자신의 발자국이 남아 있는 산을 이렇듯 바라보고 있자니, 지금은 가을 등산철이라 산으로 마음이 이끌렸다. 무위도식하는 그에게는 일없이 굳이 힘들게 산을 걷는 것 따윈 헛수고의 표본인 듯 여겨졌는데, 바로 그런 이유에서 또한 비현실적인 매력도 있었다.

멀리 떨어져 있으면 줄곧 고마코 생각을 하는데도 불구하고 정작 가까이 와 보면 왠지 안심이 되는지, 아니면 벌써 그녀의 몸과 너무 가까워진 탓인지, 사람 살결이 그리워지는 마음과 산에 이끌리는 마음이 마치 똑같은 꿈처럼 느껴졌다. 어젯밤 고마코가 자고 간 직후라서 그럴지도 모른다. 그러나 조용한 가운데 혼자 앉아 있다 보면, 부르지 않아도 고마코가 올 법도 하다고 기대하는 수밖에 도리가 없었다. 하이킹 온 여학생들이 활기 있게 떠드는 소리를 들으며 잠을 청하기로 하고 시마무라는 일찍 자리에 들었다.

마침내 늦가을 비가 내리는 모양이었다.

다음 날 아침 눈을 뜨자, 고마코가 책상 앞에 단정히 앉아 책을 읽고 있었다. 겉옷도 그저 평상복 차림이었다.

"잠이 깼어요?" 그녀는 조용히 말하며 이쪽을 보았다.

"무슨 일이지?"

"잠이 깼어요?"

모르는 사이에 와서 잔 게 아닌가 싶어 시마무라가 이부자리를 둘러보며 머리맡의 시계를 집어 들자, 아직 6시 반이었다.

"이르군."

"벌써 하녀가 불을 넣으러 온걸요."

쇠주전자가 아침을 알리는 김을 뿜고 있었다.

"일어나세요." 하고 고마코는 다가와 그의 머리맡에 앉았다. 흡사 가정주부 같은 동작이었다. 시마무라는 기지개를 켜다가 여자 무릎 위에 놓인 손을 잡고, 샤미센을 켜느라 손가락에 생긴 작은 못을 만지작거리며,

"졸려. 아직 새벽이잖아."

"혼자 잘 잤어요?"

"음."

"여전히 수염을 안 기르셨군요."

"그렇지, 요전에 헤어질 때 그렇게 말했었지, 수염을 기르라고."

"어차피 잊어버려도 괜찮아요. 늘 파르스름하게 깨끗이 깎으시네요."

"당신도 늘 화장을 지우면 방금 면도한 듯한 얼굴이야."

"볼에 다시 살이 오른 거 아네요? 피부가 희니까 주무실 때 수염이 없으면 이상해요. 통통해요."

"부드러워 보이잖아?"

"미덥질 못해요."

"싫은걸. 빤히 들여다보고 있었던 게로군."

"그래요." 고마코는 방긋 웃음을 띠며 끄덕이고 그 미소에 갑자기 불이 붙은 양 큰 소리로 웃음을 터뜨렸다. 저도 모르게 그의 손가락을 쥔 손에도 힘을 주며,

"벽장 속에 숨어 있었어요. 하녀가 전혀 눈치 채질 못해요."

"도대체 언제부터 숨어 있었지?"

"방금. 하녀가 불을 가져왔을 때죠."

그러고는 다시 생각나 웃음이 그치지 않는 모양이었다. 문득 귓불까지 발개지자, 이를 얼버무리듯 이불자락을 쥐고 흔들며,

"일어나요, 일어나세요."

"추워." 하고 시마무라는 이불을 끌어안은 채,

"여관 사람들은 벌써 일어났나?"

"몰라요. 뒷문으로 왔어요."

"뒷문으로?"

"삼나무 숲을 헤치며 올라왔죠."

"그런 길이 있나?"

"길은 없지만 가까워요."

시마무라는 놀라 고마코를 보았다.

"제가 온 걸 아무도 몰라요. 부엌에서 소리가 났지만 현관은 아직 닫혔어요."

"정말 일찍 일어나는군."

"간밤에 한숨도 못 잤어요."

"비 온 거 알고 있나?"

"그래요? 저기 얼룩조릿대가 젖은 게 바로 비 때문이었군요. 갈게요. 한 번 더 푹 주무세요."

"일어나겠어." 하고 시마무라는 여자의 손을 잡은 채 기세 좋게 이부자리에서 빠져나왔다. 곧바로 창으로 다가가 여자가 헤치며 올라왔다는 근처를 내려다보니, 관목류가 무성한 자락에 얼룩조릿대가 사납게 퍼져 있었다. 그곳은 삼나무 숲으로 이어지는 언덕 중턱인데, 창 바로 밑의 밭에는 무, 고구마, 파, 토란 같은 평범한 야채가 아침 해를 받아, 제각기 다른 이파리 색깔들이 마치 처음 보는 듯 새로웠다.

탕으로 가는 복도에서 지배인이 연못의 잉어에게 먹이를 던져 주고 있었다.

"추워진 탓인지 잘 안 먹네요." 지배인은 시마무라에게 말하며, 번데기를 말려 부순 먹이가 물에 떠 있는 것을 오래 바라보았다.

고마코는 깔끔하게 앉아 있다가 탕에서 나온 시마무라에게,

"이렇게 조용한 데서 바느질을 했으면."

방금 청소를 끝낸 방의 낡은 다다미 위에 가을 아침 햇살이 깊숙이 쏟아지고 있었다.

"바느질할 줄 아나?"

"그런 말은 실례예요. 형제 가운데 가장 고생했죠. 생각해 보면 바로 제가 자랄 무렵이 집안이 힘든 시기였던 것 같아요." 하고 혼잣말을 하더니 갑자기 들뜬 목소리로,

"고마짱, 언제 왔어요? 하고 하녀가 묘한 표정을 짓더군요. 두 번 세 번 벽장 속에 숨을 수도 없어 당황했어요. 갈게요. 바쁘거든요. 잠이 안 와서 머리를 감으려 했는데. 아침 일찍 감지 않고 마르길 기다려 미용사에게 가다간 낮의 연회에 늦고 말아요. 여기도 연회가 있는데 어젯밤에야 겨우 알려 주지 뭐예요. 딴 곳을 승낙한 뒤에는 올 수가 없어요. 토요일이라 너무 바빠요. 놀러 올 수 없어요."

그렇게 말하면서도 고마코는 좀처럼 자리에서 일어나지 않았다.

머리를 감는 것은 그만두고 시마무라를 뒤뜰로 이끌었다. 아까 그곳으로 몰래 들어왔는지 복도 아래에 고마코의 젖은 게다와 버선이 있었다.

그녀가 헤치며 올라왔다는 얼룩조릿대는 지나갈 수도 없어 밭을 따라 물소리 나는 쪽으로 내려가니, 강기슭은 가파른 벼랑이었다. 밤나무 위에서 아이들 소리가 들려왔다. 발밑 풀숲에도 밤송이가 몇 개 떨어져 있었다. 고마코는 게다로 짓밟아 밤톨을 꺼냈다. 알은 모두 잘았다.

건너편 기슭의 급경사 진 산허리에는 억새 이삭이 온통 꽃을 피워 눈부신 은빛으로 흔들렸다.

눈부신 빛깔이긴 해도 마치 가을 하늘을 떠도는 투명한 허무처럼 보였다.

"저기로 가 볼까? 당신 약혼자의 무덤이 보이네."

고마코는 대뜸 몸을 일으켜 시마무라를 똑바로 쳐다보더니, 손에 쥔 밤을 다짜고짜 그의 얼굴에 내던졌다.

"절 놀리시는군요."

시마무라가 피할 틈도 없었다. 이마에서 소리가 나고 아팠다.

"무슨 인연이 있다고 무덤을 보려는 거죠?"

"뭘 그리 화를 내나?"

"제겐 중요한 일이에요. 당신처럼 사치스런 기분으로 살아 가는 사람과는 달라요."

"누가 사치스럽게 살고 있다는 거야." 그는 힘없이 중얼거렸다.

"그렇담, 왜 약혼자니 뭐니 하는 거죠? 약혼자가 아니라고 요전에 충분히 말했잖아요? 잊었군요."

시마무라는 잊은 것이 아니었다.

"선생님은 아드님과 제가 결혼하면 좋겠다고 생각하신 적이 있었을지도 몰라요. 그러나 속으로만 생각하시고 한 번도 입 밖에 내신 적은 없어요. 그런 선생님의 심중을 아드님도 저도 어렴풋이 짐작은 했죠. 하지만 두 사람은 아무 일 없었어요. 따로 떨어져 지내 왔어요. 도쿄로 팔려 갈 때, 오직 그 사람만 이 배웅해 주었죠."

고마코가 그렇게 말한 것을 기억하고 있다.

그 남자가 위독하다는데도 그녀는 시마무라에게 와서 밤을 보내고,

"내가 하고 싶은 대로 하는 걸 죽어 가는 사람이 어떻게 말릴 수 있다는 거죠?" 하고 몸을 내던지듯 말한 적도 있었다.

더욱이 고마코가 마침 역에서 시마무라를 배웅하고 있을 때, 환자의 상태가 이상하다며 요코가 데리러 왔는데도 불구

하고 고마코가 기어코 돌아가지 않은 탓에 임종도 지켜보지 못한 것이 아닐까 싶어, 한층 시마무라는 그 유키오라는 남자가 마음에 남아 있었다.

고마코는 언제나 유키오 이야기를 꺼린다. 약혼자는 아니었다 하더라도 그의 요양비를 벌기 위해 여기서 게이샤로 나선 것을 보면 '중요한 일'임에는 틀림없다.

밤톨을 얻어맞고서도 화를 내는 기색이 없자, 고마코는 잠시 의아해하다가 갑자기 쓰러지듯 매달리며,

"정말 당신은 순진한 사람이군요. 뭔가 슬프신 거죠?"

"나무 위에서 아이들이 본다고."

"알 수 없어, 도쿄 사람은 복잡해. 주변이 어수선하니까 마음이 흩어지는 거죠?"

"모든 게 흩어지고 말지."

"이제 곧 목숨까지 흩어질 거예요. 무덤을 보러 갈래요?"

"글쎄."

"그것 봐요. 무덤 같은 건 전혀 보고 싶지 않은 거잖아요?"

"오히려 당신이 신경 쓰이는 모양이군."

"전 한 번도 가 본 적이 없으니까 신경 쓰여요. 정말이에요, 한 번도. 지금은 선생님도 함께 묻히셨으니까 선생님껜 죄송한 마음이지만, 새삼스레 와 볼 수도 없어요. 그런 건 염치없는 짓이죠."

"당신이 훨씬 복잡하군."

"어째서죠? 상대방이 살아 있으면 생각대로 분명히 할 수 없으니까, 적어도 죽은 이한텐 분명히 해 두려는 거예요."

정적이 차가운 물방울이 되어 떨어질 듯한 삼나무 숲을 빠져나와 스키장 기슭의 선로를 따라가자, 곧바로 묘지였다. 논두렁 둔덕 주변에 허름한 돌비석이 열 개 남짓, 그리고 초라해 보이는 지장보살이 서 있을 뿐이었다. 꽃도 없었다.

그러나 지장보살 뒤의 낮은 나무 그늘에서 놀랍게도 요코의 가슴이 떠올랐다. 그녀는 순간, 가면을 쓴 듯한 그 진지한 표정에 찌르듯 타오르는 눈으로 이쪽을 보았다. 시마무라는 꾸벅 인사를 하고 그대로 멈춰 섰다.

"요코, 일찍 왔구나. 난 머리를 매만지러……" 하고 고마코가 말을 걸었을 때였다. 휙 불어닥친 시커먼 돌풍에 휩쓸려 날아갈 것처럼 그녀도, 시마무라도 몸을 움츠렸다.

화물열차가 바로 곁을 스쳐갔다.

"누나!" 하고 부르는 소리가 요란한 울림 속에서 흘러나왔다. 검은 화물열차 문에서 소년이 모자를 흔들고 있었다.

"사이치로[佐一郎], 사이치로!" 요코가 불렀다.

눈 신호소에서 역장을 부른 그 목소리다. 들리지도 않는 먼 배에 탄 사람을 부르는 양, 슬프도록 아름다운 목소리였다.

화물열차가 지나가 버리자, 눈가리개를 벗은 듯이 선로 저편의 메밀꽃이 선명하게 보였다. 붉은 줄기 끝에 가지런히 꽃을 피워 참으로 고요했다.

뜻밖에 요코를 만났기 때문에 두 사람은 기차가 오는 것도 미처 눈치채지 못했을 정도였는데, 그런 기분마저 화물열차가 말끔히 날려 버리고 지나갔다.

그런 뒤에는 차량 소리보다 요코 목소리의 여운이 남아 있는 듯했다. 순결한 애정의 메아리가 들려올 것 같았다.

요코는 기차를 배웅하며,

"동생이 타고 있으니 역으로 나가 볼까."

"하지만 기차는 역에서 기다려 주지 않을걸." 하고 고마코가 웃었다.

"그러네."

"난, 유키오 씨의 성묘는 안 할 거야."

요코는 끄덕이고 잠깐 주저하더니, 무덤 앞에 쭈그리고 앉아 두 손을 모았다.

고마코는 우두커니 서 있기만 했다.

시마무라는 눈을 돌려 지장보살을 보았다. 기다란 얼굴이 삼면에 있고, 가슴에 합장한 한 쌍의 팔 외에 양쪽으로 손이 둘씩 더 있었다.

"머리를 올려야 해." 고마코는 요코에게 말하고 마을 쪽으로 논두렁 길을 걸어갔다.

나무 줄기와 줄기 사이에 대나무나 나무막대를 장대처럼 몇 단이고 연결해서 벼를 걸어 놓고 말린다. 그래서 마치 높은 볏단이 병풍을 세워 놓은 듯 보이는 것을 이 고장 말로 '핫테'라 부르는데, 시마무라가 지나는 길가에서도 농부가 핫테를 만들고 있었다.

삼파쿠 차림의 처녀가 허리를 살짝 비틀며 볏단을 던져 올리면, 높이 올라가 있는 남자가 능숙하게 받아 훑어 내리듯 반으로 갈라 장대에 걸쳐 나갔다. 숙달된 무심한 동작이 흥겹게 반복되고 있었다.

귀한 물건의 무게를 어림하듯 고마코는 핫테의 늘어진 이삭을 손바닥에 얹고 찰랑찰랑 흔들었다.

"잘 익은 이삭은 만져도 기분이 좋아요. 지난해와는 비교가 안 돼요." 하고 벼의 감촉을 즐기듯 눈을 가늘게 떴다. 그 위로 참새떼가 낮게 어지러이 날아갔다.

'모내기 인부 임금 합의. 90전, 하루 임금에 식사 제공. 여자 인부는 6할'이라는 너덜한 벽보가 길가 벽에 남아 있었다.

요코의 집에도 핫테가 있었다. 도로에서 약간 옴폭한 밭 귀퉁이에 세워져 있는데 그 마당 왼쪽, 옆집의 하얀 벽을 따라 심어진 감나무 위에 높다란 핫테가 엮어져 있었다. 그리고 밭과 마당 사이, 즉 감나무 핫테와는 직각으로 다시 핫테가 서 있고 그 볏단 밑을 들어가는 입구가 맨 끝에 있었다. 멍석이 아닌 볏단으로 마치 간이 극장을 꾸며 놓은 것 같다. 밭에는 시들어 가는 달리아와 장미 앞에 토란이 튼튼한 잎을 뻗고 있었다. 잉어 연못은 핫테 건너편이라 보이지 않았다.

작년 고마코가 살던 누에방 창문도 가려져 있었다.

요코는 화난 듯 꾸벅 인사를 하고는 벼 이삭이 늘어진 입구로 돌아갔다.

"이 집에 혼자 사나?" 하고 물으며 시마무라는 다소 구부정한 뒷모습을 지켜보았다.

"그렇지 않을 거예요." 고마코는 퉁명스럽게 말했다.

"아이, 속상해. 머리 올리는 건 그만둘 테야. 당신이 괜한 말을 해서 저애 성묘를 방해한 거예요."

"무덤에서 만나고 싶지 않다는 건 당신 고집 아닌가?"

"당신이 제 마음을 이해 못 하는 거죠. 이따가 시간 나면 머리 감으러 가겠어요. 늦어질진 몰라도 꼭 갈 거예요."

새벽 3시경이었다.

장지문을 세게 밀어젖히는 소리에 시마무라가 눈을 뜨자, 고마코가 가슴 위로 털썩 길게 쓰러지며,

"온다고 했으니, 왔어요. 이봐요, 온다고 했으니 왔잖아요."
하고 배까지 일렁일 정도로 가쁜 숨을 쉬었다.

"되게 취했군."

"이봐요, 온다고 했으니 왔잖아요."

"그래, 왔어."

"여기로 오는 길, 안 보여. 안 보여. 아, 답답해."

"그래도 용케 언덕을 올라왔군."

"몰라, 이젠 몰라." 하고 고마코가 한껏 뒤로 몸을 젖혀 나뒹구는 바람에 시마무라는 묵직하니 눌린 채 답답해져 몸을 일으키려고 했으나, 아직 잠이 덜 깬 상태라 휘청거리며 다시 쓰러졌다. 머리가 뜨거운 것에 닿아 깜짝 놀랐다.

"불덩이 같잖아! 바보로군."

"그래요? 불베개에 델 테니 조심하세요."

"정말이야." 하고 눈을 감자, 그 열이 머리에 온통 퍼져 시마무라는 생생하게 살아 있다는 느낌이 들었다. 고마코의 거친 호흡과 함께 현실이 전해져 왔다. 그것은 마치 그리운 회한을 닮아, 다만 이제 편안하게 어떤 복수를 기다리는 마음 같았다.

"온다고 했으니 왔어요." 고마코는 오직 같은 말만 되풀이했다.

"왔으니 이제 가야죠. 머리를 감을 거예요."

그리고 겨우 엉거주춤 일어나 물을 연거푸 들이켰다.

"그런 몸으로는 갈 수 없어."

"갈래요. 동행이 있어요. 목욕 도구를 어디에 두었담?"

시마무라가 일어나 전등을 켜자, 고마코는 두 손으로 얼굴을 가린 채 다다미에 푹 엎드리고 말았다.

"싫어요."

배래가 동그란 화려한 모슬린 겹옷에 까만 옷깃이 달린 잠옷을 입고 폭 좁은 속띠를 매고 있었다. 그래서 속옷 깃은 보이지 않고 맨발 끝까지 취기가 돌아, 숨듯이 몸을 웅크린 모습이 이상스레 귀여웠다.

목욕 도구를 내던졌는지 비누며 빗이 마구 흩어져 있었다.

"잘라 줘요, 가위를 가져왔으니까."

"뭘 자르라는 거지?"

"이걸 말이에요." 하고 고마코는 머리 뒤로 손을 내밀며,

"집에서 머리끈을 자르려 했는데 손이 말을 듣지 않잖아요. 이걸 부탁하러 여기에 들른 거예요."

시마무라는 여자의 머리카락을 들추고 끈을 잘랐다. 하나가 잘릴 때마다 고마코는 머리를 흔들어내리며 다소 진정되어,

"지금 몇 시죠?"

"벌써 3시야."

"어머, 그렇게나? 머리카락을 자르면 안 돼요."

"꽤나 많이도 묶었군."

그가 잡고 있는 다리[24] 뿌리께가 뜨거웠다.

"벌써 3시예요? 객실에서 돌아와 쓰러진 채 잠들었었나 봐요. 친구와 약속을 해 놔서 절 부르러 왔었어요. 어딜 갔나 궁금해할 거예요."

"기다리고 있나?"

"공동탕에 들어가 있어요, 세 사람. 객실이 여섯인데 네 개밖에 돌지 못했어요. 다음 주는 단풍으로 바빠요. 고마워요." 하고 풀린 머리를 빗으며 얼굴을 들어 눈부신 듯 웃음 짓고서,

"몰라요, 호호호, 이상해."

그러고는 당황해하며 다리 꼭지를 집어 들었다.

"친구들한테 미안하니까 갈게요. 돌아올 땐 들르지 않을래요."

"길이 보이나?"

"보여요."

그러나 옷자락을 밟고는 휘청거렸다.

아침 7시와 한밤 3시, 하루에 두 번이나 이상한 시간에 틈을 내어 왔다는 것을 떠올리자, 시마무라는 뭔가 심상치 않음을 느꼈다.

새해가 되면 소나무를 세우듯, 여관 사람들이 문 입구에 단풍을 장식해 놓고 있었다. 단풍객을 위한 환영의 표시였다.

---

24) 여자들이 머리숱이 많아 보이게 하기 위해 덧넣는 가짜 머리.

자신을 '철새'라 비하해서 부르기 좋아하는 임시 고용된 지배인이 건방진 말투로 지시를 내리고 있었다. 신록에서 단풍 드는 기간 동안 이 근처 산의 온천탕에서 일하고, 겨울엔 아타미[熱海]나 나가오카[長岡], 이즈[伊豆] 등의 온천장으로 돈 벌러 나가는 사내들 중의 하나다. 매년 같은 여관에서 일하는 것은 아니다. 그는 이즈의 번화한 온천장 경험을 떠벌리며 이곳의 손님 접대에 대해 험담을 늘어놓았다. 두 손을 비벼가며 끈질기게 손님을 끌지만, 아무리 봐도 성의 없는 걸인 같은 인상이 자못 드러나 보였다.

　　"손님, 으름덩굴 열매를 아시는지요? 드신다면 따 오겠습니다." 산책에서 돌아오는 시마무라에게 말하고, 그는 그 열매를 덩굴째 단풍나무 가지에 매달았다.

　　단풍나무는 산에서 베어 와 처마 끝까지 닿을 듯 높고, 현관이 환히 밝아질 만치 선명한 다홍빛에다 이파리 하나하나가 놀랍도록 컸다.

　　시마무라가 차가운 으름덩굴 열매를 만지며 언뜻 사무실 쪽을 보니, 요코가 화롯가에 앉아 있었다.

　　여관 안주인이 도코[銅壺][25]로 술을 데우고 있다. 요코는 마주 앉아 안주인이 무슨 말을 할 때마다 고개를 크게 끄덕이고 있었다. 삼파쿠도 겉옷도 없이 새로 빨아 입은 듯한 거친 비단옷 차림이었다.

　　"일 거드는 사람인가?" 하고 시마무라가 건성으로 지배인에

---

25) 구리 또는 쇠로 된 상자 모양의 물 끓이는 기구. 화로에 넣어서 쓴다.

게 묻자,

"그렇습니다. 손님들 덕분에 일손이 모자랄 지경이라서요."

"자네와 마찬가지군."

"그렇긴 합니다만, 이 마을 처녀치곤 아주 특이한 데가 있습죠."

요코는 부엌일을 하느라 아직 객실에는 나가지 않는 모양이었다. 손님이 붐비기 시작하면 취사장 하녀들의 목소리도 커지곤 했는데, 요코의 그 아름다운 목소리는 들리지 않았다. 시마무라의 방을 담당하는 하녀 얘기로는, 요코는 잠 자기 전에 욕조 안에서 노래를 부르는 버릇이 있다고 했으나 그는 한 번도 들어 보지 못했다.

그러나 요코가 이 집에 있다고 생각하니 시마무라는 고마코를 부르기가 왠지 꺼려졌다. 고마코의 애정은 그를 향한 것이었음에도 불구하고, 이를 아름다운 헛수고인 양 생각하는 그 자신이 지닌 허무가 있었다. 하지만 오히려 그럴수록, 고마코의 살아 가려는 생명력이 벌거벗은 맨살로 직접 와닿았다. 그는 고마코가 가여웠고 동시에 자신도 애처로워졌다. 이러한 모습을 무심히 꿰뚫어 보는, 빛을 닮은 눈이 요코에게 있을 것 같아, 시마무라는 이 여자에게도 마음이 끌렸다.

시마무라가 부르지 않아도 고마코는 물론 연신 찾아왔다.

계곡 깊숙이 단풍을 보러 가면서 그는 고마코의 집 앞을 지나간 적이 있었는데, 그때 그녀는 차 소리를 알아듣고 시마무라임에 틀림없다고 생각해서 밖으로 달려 나왔건만, 그가 뒤도 돌아보지 않고 가 버렸다고 박정하기 이를 데 없다며 불

평했을 정도였다. 그녀는 여관에서 부르기만 하면 어김없이 시마무라의 방에 들르곤 했다. 탕에 가는 길에도 들렀다. 연회가 있으면 한 시간이나 일찍 와서 하녀가 부를 때까지 그의 방에서 놀았다. 교묘히 객실을 빠져나와 거울 앞에서 화장을 고치고,

"지금부터 일하러 가요, 장사꾼이니까. 그래, 장사, 장사." 하고 자리를 떴다.

샤미센 발목이 든 통이며 겉옷이며, 무엇이건 가져와서 그의 방에 두고 가길 좋아했다.

"어젯밤 돌아가 보니 더운물이 없잖아요. 부엌을 몰래 뒤져 아침에 남은 된장국에다 매실장아찌를 먹는데 얼마나 차가웠는지! 오늘 아침엔 집에서 깨워 주지 않았어요. 눈을 떠 보니 10시 반. 7시에 일어나 오려 했는데 엉망이 되고 말았죠."

이런 얘기나, 어느 여관에서 어느 여관으로 갔다든지, 술자리 분위기에 대해 이러쿵저러쿵 보고를 했다.

"다시 올게요." 하고 물을 마시고 일어나며,

"이제 안 올지도 몰라요. 글쎄 손님이 서른인데 우린 겨우 셋밖에 없으니까요, 바빠서 빠져나올 수가 없어요."

그러나 곧 다시 와서,

"힘들어요. 서른 명을 상대로 셋밖에 없다니까요. 게다가 그 둘도 가장 나이가 많은 이와 가장 어린 이라서 제가 힘들어요. 쩨쩨한 손님들, 틀림없이 무슨 여행 모임일 거야. 서른 명이면 적어도 여섯은 있어야 하는데. 실컷 마시고 혼쭐을 내줘야겠어요."

매일 이런 식이었다가는 앞날을 알 수 없다는 듯, 아무래도 고마코 자신은 몸도 마음도 숨기고 싶은 기색이었으나, 어딘가 고독해 보이는 모습이 오히려 그녀를 요염하게 만들 뿐이었다.

"복도가 삐걱거려 창피해요. 살며시 걸어도 금방 알아채겠죠. 부엌 옆을 지나면 고마짱, 또 동백실이야? 하고 웃어 댄다니까요. 이렇게 신경 쓰일 줄은 몰랐어요."

"마을이 좁아 곤란하겠군."

"모두 이미 알고 있는걸요."

"그러면 안 되잖아."

"그래요. 나쁜 평이 일기라도 하면 좁은 마을에선 끝장이죠." 하고 말했으나 금방 얼굴을 들어 미소 지으며,

"아니, 괜찮아요. 우린 어딜 가도 일할 수 있으니까."

너무나 솔직하고 실감 어린 어조는, 부모가 물려 준 재산으로 무위도식하는 시마무라에겐 몹시 뜻밖이었다.

"정말이에요. 어디서 벌건 다 마찬가지죠. 징징거릴 필요 없어요."

아무렇지 않은 말투지만, 시마무라는 여자의 속 깊은 울림을 들었다.

"그걸로 족해요. 진정으로 사랑할 수 있는 건 오직 여자뿐이니까." 하고 고마코는 약간 얼굴을 붉히며 고개를 숙였다.

옷깃이 들춰져 있어 등에서 어깨로 흰 부채를 펼친 듯하다. 분을 짙게 바른 살결은 어쩐지 슬프게 도톰하여 모직 천 같기도 하고 동물처럼 보이기도 했다.

"요즘 세상에선 그렇지." 하고 중얼거리다 시마무라는 이 말

이 너무나 공허하여 오싹해졌다.

그러나 고마코는 단순히,

"언제건 그래요."

그리고 얼굴을 들더니 힘없이 덧붙였다.

"당신은 그걸 몰라요?"

등에 찰싹 들러붙은 빨간 속옷이 보이지 않게 되었다.

발레리와 알랭을 비롯, 러시아 무용이 한창이던 무렵에 프랑스 문인들이 쓴 무용론을 시마무라는 번역하고 있었다. 적은 부수의 호화본으로 자비 출판할 예정이다. 지금의 일본 무용계에 아무런 도움도 주지 못하는 책이라는 점이 오히려 그를 안심시켰다고 해도 좋다. 자신이 하는 일로 스스로를 냉소한다는 것은 어리광을 부리는 즐거움이기도 하리라. 바로 이런 데서 그의 슬픈 몽환의 세계가 태어나는 것인지도 모른다. 여행을 떠나와서조차 서둘 필요는 없다.

그는 곤충들이 고통스럽게 죽어 가는 모습을 유심히 관찰하고 있었다.

가을 날씨가 쌀쌀해지면서 그의 방 다다미 위에는 거의 날마다 죽어 가는 벌레들이 있었다. 날개가 단단한 벌레는 한번 뒤집히면 다시 일어나지 못했다. 벌은 조금 걷다가 넘어지고 다시 걷다가 쓰러졌다. 계절이 바뀌듯 자연도 스러지고 마는 조용한 죽음이었으나, 다가가 보면 다리나 촉각을 떨며 몸부림치고 있었다. 이들의 조촐한 죽음의 장소로서 다다미 여덟 장 크기의 방은 지나치게 넓었다.

시마무라는 죽은 곤충들을 버리려 손가락으로 주우며, 집에 두고 온 아이들을 문득 떠올리기도 했다.

창문 철망에 오래도록 앉아 있다고 생각했는데 알고 보면 이미 죽은 채 가랑잎처럼 부서지는 나방도 있었다. 벽에서 떨어져 내리는 것도 있었다. 손에 쥐고서, 어째서 이토록 아름다운가 하고 시마무라는 생각했다.

방충망을 떼어 냈다. 벌레 소리가 눈에 띄게 시들해졌다.

국경의 산들은 적갈색으로 짙어져 석양을 받자 차가운 광물처럼 둔한 빛을 띠었다. 여관은 단풍객들로 만원이었다.

"오늘은 올 수 없을 거예요, 아마. 이 고장 사람들의 연회가 있으니까."라며 그날 밤도 고마코는 시마무라의 방에 들렀다 갔다. 이윽고 대연회장으로 북이 들어가고 여자의 새된 목소리도 들려왔다. 그런 소란 가운데 뜻밖에 바로 가까이에서 맑디맑은 목소리로,

"실례합니다, 실례합니다." 하고 요코가 불렀다.

"저, 고마짱이 이걸 보냈어요."

요코는 선 채 우편배달부 같은 자세로 손을 내밀었다가 당황해서 무릎을 꿇었다. 시마무라가 그 쪽지 편지를 펼치는 사이, 요코는 이미 모습을 감추었다. 말할 틈조차 없었다.

'지금 아주 신나게 떠들며 놀아요, 술도 마시고.' 얇은 종이에 취한 글씨가 쓰여 있을 뿐이었다.

그러나 채 10분도 지나지 않아 고마코는 어지러운 발소리를 내며 들어왔다.

"방금 그애가 뭔가 가져왔죠?"

"왔었어."

"그래요?" 흡족한 듯 한쪽 눈을 가늘게 뜨고서,

"아, 기분 좋아. 술을 주문하러 가요, 하고 살짝 빠져나왔어요. 지배인에게 들켜 야단맞았어요. 술은 좋은 거야, 야단맞아도, 발소리도 신경 안 쓰여. 아이, 싫어. 여길 오면 갑자기 술에 취한다니까. 이제 일하러 가야지."

"손끝까지 좋은 빛깔이군."

"장사하러 가야지. 그애가 뭐래요? 샘이 무지 많은 아이예요, 알아요?"

"누가?"

"죽일 거예요."

"그 처녀도 거드는 거지?"

"술병을 들고 와선 복도 뒤에 서서 가만히 지켜봐요. 눈을 반짝이면서. 당신은 그런 눈을 좋아하죠?"

"한심한 꼴이라 지켜봤겠지."

"그래서 이걸 가져가라고 적어 보냈죠. 물 마시고 싶어, 물을 줘요. 어느쪽이 한심한지 여잔 유혹해 보지 않고선 모르는 거예요. 나, 취했어요?" 하고 쓰러질 듯 경대 양끝을 잡고 들여다보더니, 옷자락을 휙 차올리며 밖으로 나갔다.

마침내 연회도 끝난 듯, 갑자기 고요해지며 그릇 씻는 소리가 멀리서 들려오기에 고마코도 손님들과 어울려 다른 여관으로 2차를 도는가 싶었는데, 요코가 다시 고마코의 쪽지 편지를 가져왔다.

'산풍관은 안 갈 거예요. 지금부터 매화실. 집으로 가는 길에 들를게요, 주무세요.'

시마무라는 다소 쑥스러운 듯 어색하게 웃으며,

"고맙습니다. 일 도우러 온 건가요?"

"네." 하고 끄덕이다가 요코는 그 찌르듯 아름다운 눈으로 시마무라를 쳐다보았다. 시마무라는 왠지 당황했다.

지금까지 몇 번인가 만날 때마다 늘 감동적인 인상을 남기곤 했던 이 처녀가 아무렇지 않게 이렇듯 그의 앞에 앉아 있는 것이 괜스레 불안했다. 그녀의 지나치리만큼 진지한 자세는 언제나 심상찮은 사건의 한가운데 놓여 있기라도 한 듯 여겨졌기 때문이다.

"바쁜 모양이로군."

"네. 하지만 전 아무것도 할 줄 몰라요."

"아가씨하곤 꽤 자주 만난 셈이군. 처음엔 그 사람을 간호하며 돌아오는 기차 안에서 역장에게 동생을 부탁했었지, 기억나나?"

"네."

"잠자기 전엔 욕탕 안에서 노랠 부른다면서?"

"어머, 그런 말까지 다 하다니! 나빠요." 그 목소리가 놀랍도록 아름다웠다.

"아가씨에 대해선 다 알고 있는 듯한 느낌이 들어."

"그래요? 고마짱에게 들으신 거죠?"

"그 사람은 거의 말 안 해. 아가씨 이야길 꺼릴 정도라고."

"그래요?" 하고 요코는 살짝 고개를 돌리며,

"고마짱은 좋은 사람이지만 가여우니까 잘 대해 주세요."

재빨리 말하는 목소리 끄트머리가 가늘게 떨렸다.

"하지만 나로선 아무것도 해 줄 수가 없어."

요코는 이제 몸까지 떠는 것 같았다. 위험한 빛을 발하는 듯한 얼굴에서 시선을 돌리고 시마무라는 웃으며,

"빨리 도쿄로 돌아가는 게 나을 성싶은데."

"저도 도쿄로 갈 거예요."

"언제?"

"언제라도 좋아요."

"그럼, 돌아갈 때 데려가 줄까?"

"네, 데려가 주세요." 하고 선선히, 그러나 진지한 목소리로 말해 시마무라는 놀라웠다.

"아가씨 가족들이 괜찮다면야."

"가족이라야 철도 회사에 다니는 남동생 하나뿐이니까, 제가 결정해도 상관없어요."

"도쿄에 아는 데는 있나?"

"아뇨."

"그 사람과 의논한 건가?"

"고마짱 말인가요? 고마짱은 미워서 말 안 해요."

그렇게 말하고 마음을 놓아서인지 촉촉히 젖은 눈으로 그를 쳐다보는 요코에게 시마무라는 이상한 매력을 느꼈다. 그런데 오히려 고마코에 대한 애정이 활활 타오르는 것 같았다. 정체를 알 수 없는 처녀와 도망치듯 돌아가 버리는 것은 고마코에 대한 지독한 사죄의 방법일 듯 여겨지기도 했다. 또한 어쩐지 형벌 같기도 했다.

"아가씬 남자와 함께 가도 무섭지 않은가?"

"어째서요?"

"아가씨가 도쿄에서 우선 머물 곳이라든가, 무얼 하고 싶다든가 정도는 정해 두지 않으면 위험할 텐데."

"여자 하나쯤 어떻게든 될 거예요." 요코는 끝을 아름답게 치켜올리듯 말하고 시마무라를 응시한 채,

"식모로 써 주시면 안 되나요?"

"뭐라고? 식모로?"

"식모는 싫네요."

"요전에 도쿄에 있을 땐 뭘 했었지?"

"간호사였어요."

"병원이나 학교에서?"

"아뇨, 그냥 되고 싶다고 생각했을 뿐이에요."

시마무라는 다시 기차 안에서 선생의 아들을 간호하던 요코의 모습을 떠올리고, 그 진지함 속에는 요코의 꿈도 담겨 있었던가 싶어 미소 지었다.

"그렇다면 이번에도 간호사 공부를 하고 싶은 모양이군."

"간호사는 이제 안 될래요."

"그렇게 끈기가 없으면 못써."

"어머, 끈기라뇨, 싫어요." 요코는 되받아치듯 웃었다.

그 웃음 소리도 슬프도록 높고 맑아 백치처럼 들리지는 않았다. 그러나 시마무라의 닫힌 마음을 공허하게 두드리며 사라져 간다.

"뭐가 그리 우습지?"

"왜냐면, 전 한 사람만 간호한다고요."

"뭐?"

"이젠 못 해요."

"그래." 시마무라는 또 한 번 허를 찔려 조용히 말했다.

"아가씬 매일 메밀밭 아래 무덤에만 다닌다지?"

"네."

"평생 다른 환자를 돌보는 일도, 다른 사람의 무덤에 갈 일도 이젠 없다고 생각하나?"

"없어요."

"그러면서 무덤을 두고 쉽게 도쿄에 갈 수 있겠어?"

"죄송해요. 데려가 주세요."

"아가씬 대단한 질투쟁이라고 고마코가 그러더군. 그 사람은 고마코의 약혼자가 아니었나?"

"유키오 씨가요? 거짓말, 거짓말이에요."

"고마코가 밉다니, 어째서지?"

"고마짱?" 하고 곁에 있는 사람을 부르기라도 하듯 말하며 요코는 시마무라를 눈을 반짝이며 노려보았다.

"고마짱을 잘 대해 주세요."

"난 아무것도 해 줄 수가 없어."

요코의 눈에 눈물이 넘쳐흐르더니, 다다미에 떨어진 작은 나방을 잡고는 흐느껴 울며,

"고마짱은 제가 미쳐 버릴 거래요." 하고 방을 뛰쳐나가고 말았다.

시마무라는 오한을 느꼈다.

요코가 죽인 나방을 버리려고 창문을 열자, 취한 고마코가

손님을 몰아대듯 엉거주춤한 자세로 손가락 셈 놀이를 하는 것이 보였다. 하늘은 잔뜩 흐려 있었다. 시마무라는 실내탕으로 갔다.

옆에 있는 여탕으로 요코가 여관 아이를 데리고 들어왔다.

아이의 옷을 벗기고 씻기거나 할 때의 말씨가 너무나 상냥하여, 마치 앳된 어머니의 달콤한 목소리를 듣는 듯 흐뭇했다.

그리고 그 목소리로 노래 부르기 시작했다.

　…………
　…………
　뒤뜰에 나가면
　배나무 세 그루
　삼나무 세 그루
　모두 여섯 그루
　밑에는 까마귀 둥지
　위에는 참새 둥지
　숲속의 여치는
　무슨 노래 부르나
　치르 치르 치르르
　친구야 성묘 가자

공치기 노래를 아이들처럼 빠르고 활기찬 목소리로 부르는 가락은, 바로 조금 전까지의 요코가 꿈이었던가 싶게 시마무라를 어리둥절케 했다.

요코가 쉴 새 없이 아이에게 재잘대고 나간 뒤에도 그 목소리가 피리 소리처럼 여전히 주위에 여운을 남겨, 검게 번들거리는 낡은 현관 마루에 세워 놓은 오동나무 샤미센 상자가 지닌 가을밤의 정적에도 시마무라는 왠지 마음이 끌렸다. 상자에 적힌 게이샤의 이름을 읽고 있자니, 그릇 씻는 소리가 나는 쪽에서 고마코가 왔다.

"뭘 보는 거예요?"

"이 사람 묵고 있나?"

"누구? 아아, 이거? 당신 바보군요, 이런 걸 일일이 들고 다닐 수야 없잖아요. 며칠이고 그 자리에 내버려 두기도 해요." 하고 웃더니 곧 괴로운 숨을 토하며 눈을 감았다. 손에 쥔 기모노 옷자락 끝을 놓고 시마무라에게로 허든거렸다.

"바래다주세요."

"안 가도 되잖아?"

"안 돼요, 안 돼, 가야 해요. 이 마을 사람 연회라서 모두 2차를 따라갔는데 저만 남았어요. 여기에도 손님이 있었으니 망정이지, 친구가 도중에 같이 탕에 가자고 집에 왔다가 제가 없으면 곤란해요."

상당히 취했는데도 고마코는 험한 비탈길을 거침없이 걸었다.

"당신이 그 아일 울린 거죠?"

"그러고 보면 분명히 약간 미친 것 같기도 해."

"남의 일을 그렇게 말하면 재미있어요?"

"당신이 그렇게 말하지 않았나? 미쳐 버릴 거라고. 새삼 그

말이 생각나 분해서 울음을 터뜨린 것 같던데."

"그럼 됐어요."

"10분도 채 못 돼 탕에 들어가더니 고운 목소리로 노래하더군."

"탕에 들어가 노래 부르는 건 그애 버릇이에요."

"당신을 잘 대해 주라고 진지하게 부탁하더군."

"당신은 바보예요. 그런 말을 일부러 제게 일러바칠 필요 없잖아요?"

"일러바친다? 이유는 몰라도 당신은 그 처녀 얘기만 나오면 괜히 억지를 부리는군."

"그 아일 원하는 거죠?"

"그것 보라고, 그런 얘길 한다니까."

"농담 아녜요. 그 아일 보고 있으면 결국 저의 힘든 짐이 될 것만 같아요. 그냥 그런 생각이 들어요. 당신이 만약 그 아일 좋아한다면 잘 보세요. 틀림없이 그런 생각이 들 테니까." 하고 고마코는 시마무라의 어깨에 손을 얹고 기대 오더니, 돌연 고개를 내저으며,

"아냐. 당신 같은 사람 손에 걸리면 그 아인 미치지 않을 수도 있을 거예요. 제 짐을 가져가지 않을래요?"

"이제 그만해."

"취해서 주정 부리는 거라 생각하세요? 그애가 당신 곁에서 귀염받는다 생각하고 전 이 산골에 뼈를 묻는 거예요. 고요하고 편안한 기분."

"이봐."

"내버려 둬요." 하고 종종걸음으로 달려가 덧문에 쿵 하고 부딪히는가 싶었는데, 그곳은 고마코의 집이었다.

"안 올 거라 생각한 모양이군."

"아뇨, 열려요."

삐걱거리는 문짝을 들어올리듯 잡아당기며 고마코가 속삭였다.

"들렀다 가요."

"늦었는걸."

"이 집 사람들은 벌써 잠들었어요."

시마무라는 망설였다.

"그럼 제가 바래다 드리죠."

"괜찮아."

"안 돼요. 여기 제 방을 아직 못 봤잖아요."

부엌문으로 들어가자 눈앞에 사람들 자는 모습이 어지러웠다. 이 고장의 삼파쿠처럼 무명으로 된 색 바랜 이불을 덮고 주인 부부와, 열일고여덟쯤 되어 보이는 딸부터 대여섯 명의 아이들이 침침한 불빛 아래 제각기 다른 방향으로 얼굴을 돌린 채 자는 모습에는 초라하면서도 굳센 힘이 깃들어 있었다.

시마무라는 후끈한 숨결에 밀려나듯 저도 모르게 밖으로 나가려 했으나, 고마코가 뒤에서 문을 세게 닫아 걸고 발소리를 죽이는 기색도 없이 마루방을 밟고 가기에 자신도 아이들 머리맡을 소리 없이 지나오자, 묘한 쾌감으로 가슴이 떨렸다.

"여기서 기다려요. 2층의 불을 켤 테니까요."

"알았어." 하고 시마무라는 캄캄한 계단을 올라갔다. 돌아보니, 소박하게 잠든 얼굴 저편으로 막과자 가게가 보였다.

농부의 집인 듯 2층엔 낡은 다다미가 깔린 방이 모두 네 개였다.

"혼자 지내니까 넓다면 넓죠."라고 고마코는 말했지만 방문은 모두 활짝 터놓고, 집 안의 헌 세간살이를 구석방에 가득 쌓아 두고 있었다. 거뭇한 장지문 안쪽 방에 고마코의 이부자리가 하나 조그맣게 깔려 있고, 벽에 외출복이 걸린 모습 등은 마치 너구리 굴처럼 썰렁했다.

고마코는 바닥에 털썩 앉으며 하나뿐인 방석을 시마무라에게 권했다.

"어머, 새빨갛네." 하고 거울을 들여다보았다.

"이렇게 취했었나?"

그리고 옷장 위쪽을 뒤적이며,

"일기예요."

"아주 많군."

그 옆에서 색종이를 바른 작은 상자를 꺼내자, 여러 가지 담배가 빼곡했다.

"손님들이 주는 걸 소맷부리에 넣거나 오비에 끼워 가지고 돌아오니까, 이렇게 쪼글쪼글해도 더럽진 않아요. 그래도 대개 있을 건 다 있죠."라며 시마무라 앞에서 손을 짚고 상자 속을 휘저어 보였다.

"어머, 성냥이 없네요. 제가 담배를 관둬서 그래요."

"됐어. 바느질하고 있었나?"

"네, 단풍 손님들 때문에 전혀 진척이 없어요." 고마코는 뒤

돌아보고 옷장 앞의 바느질감을 치웠다.

고마코의 도쿄 생활의 흔적인 나뭇결이 멋진 옷장이며 붉은 칠을 한 고급스러운 반짇고리는 선생 댁의 허름한 종이상자 같은 다락방에 있을 때와 다름없었지만, 이 황량한 2층에서는 처량해 보였다.

전등에 달린 가느다란 줄이 머리맡까지 내려와 있었다.

"책을 읽다가 잠들 때 이걸 잡아당겨 꺼요." 고마코는 그 줄을 만지작거리다, 가정집 부인처럼 다소곳이 앉아 뭔가 쑥스러워하는 눈치였다.

"여우가 시집 가는 것 같군."

"정말 그래요."

"이 방에서 4년을 지내는 건가?"

"하지만 벌써 반년 지났어요. 금방이죠."

아래층 사람들의 숨소리가 들리는 듯하고 더 할 얘기도 없어, 시마무라는 서둘러 일어났다.

고마코는 문을 닫으며 머리를 내밀어 하늘을 올려다보았다.

"눈이 오려나 봐요. 이제 단풍도 끝이군요." 하고 다시 밖으로 나와,

'여기는 두메 산촌, 단풍 위로 눈발 흩날리네.'라는 시구를 읊었다.

"그럼, 잘 자."

"바래다 드릴게요. 여관 현관까지만요."

그러나 시마무라와 함께 여관으로 들어와,

"안녕히 주무세요." 하고 어디론가 사라지나 싶었는데, 잠시

후 찬 술을 컵에 두 잔 넘실거릴 만치 담아 들고 그의 방으로 들어오자마자 기세 좋게 말했다.

"자아, 마셔요. 마시는 거예요."

"여관 사람들은 모두 자는데 어디서 구했나?"

"있는 곳을 잘 알죠."

고마코는 술통에서 꺼낼 때 미리 마시고 왔는지, 좀 전의 취기가 되살아난 듯 눈을 거슴츠레 뜨고 컵의 술이 넘치는 것을 지켜보며,

"하지만 캄캄한 데서 들이키면 싱거워요."

내미는 컵의 찬 술을 시마무라는 선뜻 받아 마셨다.

이 정도의 술로는 취할 턱이 없는데 밖을 돌아다녀 몸이 차가워진 탓일까, 갑자기 속이 메슥거리고 어지러웠다. 얼굴이 창백해지는 것을 자신도 알 수 있을 정도라 눈을 감고 드러눕자, 고마코는 당황해서 그를 끌어안았다. 마침내 시마무라는 여자의 뜨거운 몸에서 완전히 어린아이처럼 안심했다.

고마코는 왠지 어색한 듯, 이를테면 아직 아이를 낳은 적 없는 처녀가 남의 아이를 안은 듯한 자세를 취했다. 머리를 들고 마치 아이가 자는 것을 지켜보는 듯한 모습이었다.

얼마 후, 시마무라가 불쑥 말했다.

"당신은 좋은 애야."

"어째서요? 어디가 좋아요?"

"좋은 애라고."

"그래요? 이상한 분이셔. 무슨 말 하는 거예요? 정신 차려요." 고마코는 시선을 돌리고 시마무라를 흔들며 뚝뚝 끊어

혼내듯 말하더니 잠자코 있었다.

그리고 혼자 웃음을 머금고,

"안 되겠어요. 힘드니까 돌아가 줘요. 이제 입을 옷이 없어
요. 당신한테 올 때마다 새 옷으로 갈아입고 싶지만 이젠 남
은 게 없어요. 이건 친구에게 빌린 옷이에요. 나쁜 애죠?"

시마무라는 할말이 없었다.

"그런데 어디가 좋은 애라는 거죠?" 하며 고마코는 약간 울
먹이는 소리로,

"처음 만났을 땐 당신이 정말 싫더군요. 그런 실례되는 말을
하는 이는 또 없을 거예요. 정말 싫었어요."

시마무라는 고개를 끄덕였다.

"어머, 지금까지 제가 그걸 말 않고 있었던 걸 아세요? 여자
가 이런 말까지 할 정도면 이미 다 끝난 거 아닌가요?"

"괜찮아."

"그래요?" 하고 고마코는 자신을 되돌아보는 듯 오래도록
가만히 있었다. 한 여자의 삶의 느낌이 따스하게 시마무라에
게 전해져 왔다.

"당신은 좋은 여자야."

"어떻게 좋은데요?"

"좋은 여자야."

"이상한 사람." 어깨가 가려운 듯 얼굴을 가렸다가 무슨 생
각에선지 갑자기 한쪽 팔꿈치를 세우고 고개를 들고는,

"그게 무슨 뜻이죠? 네, 무슨 말이에요?"

시마무라는 깜짝 놀라 고마코를 보았다.

"말해 줘요. 그래서 절 만나러 온 거예요? 당신은 절 비웃고 있었군요. 역시 비웃고 계셨던 거군요."

얼굴이 새빨개져서 시마무라를 노려보며 다그치는 동안, 고마코의 어깨는 격한 분노로 떨리고 있었다. 얼굴이 창백해지며 눈물을 뚝뚝 흘렸다.

"분해, 아아! 분해." 하고 데굴데굴 구르더니 등을 돌리고 앉았다.

시마무라는 고마코가 잘못 듣고 뭔가 오해하고 있음을 깨닫자 흠칫 놀랐으나, 눈을 감은 채 잠자코 있었다.

"슬퍼요."

고마코는 혼잣말처럼 중얼거리고 몸을 둥글게 움츠리며 엎드렸다.

그러고는 울다 지쳤는지 은으로 된 머리꽂이로 다다미를 톡톡 찔러 대다가 불쑥 방을 나가고 말았다.

시마무라는 뒤따라 나갈 수 없었다. 고마코의 말을 듣고 보니 충분히 마음에 켕기는 데가 있었다.

그러나 곧 고마코는 발소리를 죽이며 돌아온 듯, 장지문 밖에서 상기된 목소리로 불렀다.

"저어, 탕에 가지 않을래요?"

"그러지."

"죄송해요. 생각을 고쳤어요."

복도에 숨어 서 있기만 하고 방으로 들어올 것 같지 않아 시마무라가 수건을 들고 나가니, 고마코는 눈이 마주치는 것을 피하며 약간 고개를 숙인 채 앞서 걸었다. 죄가 탄로나 끌려가는 사람과 흡사한 모습이었는데, 탕에서 몸이 덥혀질 무렵부터는 이상하게 보기 딱할 정도로 떠들어 대는 통에 거의 잠을 이루지 못했다.

다음 날 아침, 시마무라는 우타이[謠]²⁶⁾ 소리에 잠이 깼다.

잠시 가만히 우타이를 듣고 있자니, 고마코가 경대 앞에서 뒤돌아보고 빙긋 미소 지으며,

"매화실 손님들이에요. 어젯밤 연회가 끝난 뒤 불려 갔었죠."

"우타이 모임의 단체 여행인가?"

"네."

"눈이 오나?"

"네." 고마코는 일어나 장지문을 열어 보였다.

"이제 단풍도 끝이에요."

창틀 안으로 보이는 잿빛 하늘에서 커다란 함박눈이 흐릿하게 이쪽으로 떠내려 온다. 어쩐지 고요하고 비현실적인 세계였다. 시마무라는 잠이 덜 깬 허전한 마음으로 바라보고 있었다.

우타이 모임 사람들의 북소리가 들렸다.

시마무라는 작년 세밑의 그 아침, 눈[雪]이 비치던 거울을 떠올리며 경대 쪽을 보았다. 거울 속에는 차가운 꽃잎 같은 함박눈이 한층 크게 나타나, 옷깃을 들추고 목덜미를 닦는 고마코 주위에서 하얀 선으로 감돌았다.

고마코의 살결은 금방 헹궈 낸 듯 깨끗해서 시마무라가 어쩌다 내뱉은 말 한마디조차 그런 식으로 오해할 여자로는 도

---

26) 일본의 전통 가면극인 노가쿠[能樂]에 맞춰 부르는 가사.

저히 여겨지지 않는 데에, 오히려 거역하기 힘든 슬픔이 있는
것 같았다.

　적갈색 단풍이 날마다 짙어지는 먼산은 첫눈으로 선명하게
되살아났다.

　엷게 눈을 인 삼나무 숲은 삼나무 하나하나가 또렷이 드러
나, 찌를 듯 하늘을 향한 채 눈 위에 서 있었다.

　눈 속에서 실을 만들어 눈 속에서 짜고 눈으로 씻어 눈 위
에서 바랜다. 실을 자아 옷감을 다 짜기까지 모든 일이 눈 속
에서 이루어졌다. '눈 있는 곳에 지지미[縮]²⁷⁾ 있으니, 눈은 지
지미의 모태로다.'라고 옛사람도 책에 썼다.

　눈에 갇힌 기나긴 겨울 동안 산촌 여자들의 일거리가 되는
이 눈 지방의 삼[麻] 지지미는, 시마무라도 헌 옷 가게를 찾아
다니며 구해 여름 옷감으로 사용했다. 춤에 관심이 있었던 연
고로 옛 노[能]²⁸⁾ 의상을 취급하는 가게도 알고 있어, 질 좋은
지지미가 들어오면 언제건 보여 달라고 미리 부탁해 둘 정도
로 이 지지미를 즐겼고 홑겹 속옷으로도 해 입었다.

　눈막이로 쳐 놓은 발을 걷고 눈이 녹기 시작하는 봄철이면
옛날엔 첫 지지미 장[市場]이 섰다고 한다. 멀리서 지지미를
사러 오는 삼도²⁹⁾의 포목 도매상들이 묵는 단골 여관이 있었

---

27) 바탕에 잔주름이 생기도록 짠 옷감.
28) 일본의 대표적인 가면 음악극. 노가쿠[能樂].
29) 에도[江戶], 교토, 오사카를 일컫는다.

고, 처녀들이 6개월 동안 정성을 다해 짜는 것도 이 첫 장을 위해서였다. 가깝고 먼 각지에서 온 산촌 남녀가 모여들고, 갖 가지 구경거리며 장사꾼들의 가게도 여럿 생겨나 마을 축제처 럼 북적댔다고 한다. 지지미에는 옷감을 짠 처녀의 이름과 주 소를 적은 종이 표를 달아 그 솜씨를 1등, 2등 하는 식으로 품 평했다. 이것이 며느릿감을 고르는 기준도 되었다. 어릴 적에 짜는 법을 배운 열대여섯 살부터 스물네다섯까지의 젊은 여 자가 아니고서는 품질 좋은 지지미를 만들 수 없었다. 나이를 먹으면 옷감의 윤기를 살리기 힘들어지는 것이다. 처녀들은 손꼽히는 직녀가 되려고 솜씨를 갈고 닦았을 것이다. 또한 음 력 10월부터 실을 잣기 시작해서 이듬해 2월 중순에 천 바래 기를 끝내는 이 작업은, 눈에 갇혀 마땅히 할 일도 달리 없는 기간 동안 하는 일인 만큼 정성이 담기고 제품에 깊은 애착도 깃들었음 직하다.

시마무라가 입는 지지미 가운데는 어쩌면 메이지 시대의 처녀가 짠 것이 있을지도 모른다.

자신의 지지미를 시마무라는 지금도 '눈 바래기'에 내놓는 다. 누가 입었는지 알 수 없는 헌 옷을 해마다 생산지로 바래 기를 위해 보낸다는 것은 성가신 일이지만, 옛 처녀가 눈에 갇 힌 동안 기울였을 정성을 생각하면 역시 그 옷감을 짠 처녀 가 살았던 고장에서 제대로 바래기를 해야겠다는 마음이 생 겼다. 깊게 쌓인 눈 위에서 바래는 흰 모시 가득 아침 해가 비 쳐, 눈도 천도 모두 다홍빛으로 물드는 광경을 떠올리기만 해 도 여름의 때가 말끔히 씻겨 나가는 듯했고, 제 몸을 바래기하는 양 기분이 상쾌해졌다. 그렇긴 해도 도쿄의 헌 옷 가게에 맡기는 것이라, 옛 방식 그대로의 바래기가 지금도 전해지고 있는지 어떤지는 시마무라도 알지 못한다.

바래기를 하는 가게는 옛날부터 있었다. 직녀가 저마다 집에서 바래는 경우는 드물고 대개 바래기 가게에 부탁했다. 흰 지지미는 다 짠 후에 바래기를 하고, 색깔 있는 지지미는 실을 실패에 내다 걸어서 바랜다. 흰 지지미는 눈 위에 직접 널어 바랜다. 음력 1월부터 2월에 걸쳐 바래기 때문에 논밭을 온통 하얗게 뒤덮은 눈이 바래기 터로 쓰이게 된다.

천이든 실이든 잿물에 하룻밤 담가 놓았다가 다음 날 아침 몇 번이고 물로 씻고서 짜낸 뒤에 바랜다. 이것을 며칠이고 반복하는 것이다. 그렇게 해서 흰 지지미가 거의 다 바래어 갈 즈음, 아침 해가 떠올라 새빨갛게 비추는 풍경은 비할 데 없이 아름다워, 따뜻한 지방 사람에게 보여 주고 싶을 정도라고 옛사람도 쓴 바 있다. 또한 지지미 바래기가 끝났다는 것은 눈 지방에도 이제 봄이 가까워졌다는 신호였으리라.

지지미 생산지는 이 온천장에서 가깝다. 산골짜기가 조금씩 벌어지는 강 하류의 들판 쪽인데 시마무라의 방에서도 보일 것 같았다. 옛날 지지미 장이 섰다는 마을에는 모두 기차역이 생겨, 지금도 방직업으로 널리 알려져 있다.

그러나 시마무라는 지지미를 입는 한여름에도, 지지미를 짜는 한겨울에도 이 온천장에 와 본 적이 없어 고마코에게 지지미 이야기를 해 볼 기회는 없었다.

그런데 요코가 탕에서 부르던 노래를 듣고 이 처녀도 옛날

태어났더라면 물레나 베틀에 앉아 저렇듯 노래를 불렀을지도 모른다는 생각이 문득 들었다. 요코의 노래는 참으로 거기에 어울리는 목소리였다.

털보다 가느다란 삼실은 천연 눈의 습기가 없으면 다루기 어려워 찬 계절이 좋으며, 추울 때 짠 모시가 더울 때 입어 피부에 시원한 것은 음양의 이치 때문이라고 옛사람들은 이야기했다. 시마무라에게 휘감겨 오는 고마코에게도 뭔가 서늘한 핵이 숨어 있는 듯했다. 그 때문에 한층 고마코의 몸 안 뜨거운 한 곳이 시마무라에게는 애틋하게 여겨졌다.

하지만 이런 애착은 지지미 한 장만큼의 뚜렷한 형태도 남기지 못할 것이다. 옷감은 공예품 가운데 수명이 짧은 편이긴 해도, 소중하게만 다루면 50년 이상 된 지지미도 색이 바래지 않은 상태로 입을 수 있지만, 인간의 육체적 친밀감은 지지미만 한 수명도 못 되는 게 아닌가 하고 멍하니 생각하고 있으려니, 다른 남자의 아이를 낳고 엄마가 된 고마코의 모습이 불현듯 떠올랐다. 시마무라는 움찔하여 주변을 둘러보았다. 피곤한 탓인가 싶었다.

가족이 있는 집으로 돌아가는 것도 잊은 듯, 오래 머물렀다. 떠날 수 없어서도, 헤어지기 싫어서도 아닌데, 빈번히 만나러 오는 고마코를 기다리는 것이 어느새 버릇이 되고 말았다. 그래서 고마코가 간절히 다가오면 올수록 시마무라는 자신이 과연 살아 있기나 한 건가 하는 가책이 깊어졌다. 이를테면 자신의 쓸쓸함을 지켜보며 그저 가만히 멈춰 서 있는 것뿐이었다. 고마코가 자신에게 빠져드는 것이 시마무라는 이해가 안 되었다. 고마코의 전부가 시마무라에게 전해져 오는데도 불구하고, 고마코에게는 시마무라의 그 무엇도 전해지는 것이 없어 보였다. 시마무라는 공허한 벽에 부딪는 메아리와도 같은 고마코의 소리를, 자신의 가슴 밑바닥으로 눈이 내려 쌓이듯 듣고 있었다. 이러한 시마무라의 자기 본위의 행동이 언제까지나 지속될 수는 없었다.

눈 내리는 계절을 재촉하는 화로에 기대어 있자니, 시마무라는 이번에 돌아가면 이제 결코 이 온천에 다시 올 수 없으리라는 느낌이 들었다. 여관 주인이 특별히 꺼내 준 교토산(産) 옛 쇠주전자에서 부드러운 솔바람 소리가 났다. 꽃이며 새가 은으로 정교하게 새겨져 있었다. 솔바람 소리는 두 가지가 겹쳐, 가깝고 먼 것을 구별해 낼 수 있었다. 또한 멀리서 들리는 솔바람 소리 저편에서는 작은 방울 소리가 아련히 울려 퍼지고 있는 것 같았다. 시마무라는 쇠주전자에 귀를 가까이 대고 방울 소리를 들었다. 방울이 울려 대는 언저리 저 멀리, 방울 소리만큼 종종걸음치며 다가오는 고마코의 자그마한 발을 시마무라는 언뜻 보았다. 시마무라는 깜짝 놀라, 마침내 이곳을 떠나지 않으면 안 되겠다고 마음먹었다.

시마무라는 지지미 산지에 가 볼 생각을 했다. 이 온천장을 떠날 마음의 준비를 하기 위해서였다.

그러나 강 하류에 위치한 마을들 가운데 어디로 가야 할지 시마무라는 알 수 없었다. 현재 방직업으로 발전한 큰 마을을 보고 싶은 것도 아니어서 시마무라는 오히려 한적한 역에서 내렸다. 잠시 걸으니, 옛 역참 같은 거리가 나왔다.

집집마다 차양을 길게 내걸고 그 끝을 떠받치는 기둥이 도로에 나란히 서 있었다. 에도 거리의 다나시타[店下][30]라는 것과 비슷한데, 이 고장에서는 옛부터 강기[雁木]라고 하며 눈이 높이 쌓였을 때 통로가 되는 것이었다. 한쪽은 처마를 가지런히 하여 이 차양이 잇달아 이어져 있었다.

이웃과 이웃이 서로 맞붙어 있는 탓에 지붕의 눈은 길 한복판으로 쏠어 내리는 수밖에 없다. 그러나 실제로는 지붕에서 길에 쌓인 눈둑으로 던져 올려야 한다. 맞은편으로 건너가기 위해선 눈둑을 여기저기 뚫어 터널을 만든다. 이 고장에서는 '태내(胎內) 건너기'라고 불렀다.

같은 눈 지방 가운데서도 고마코가 있는 온천 마을은 처마가 잇닿지 않아, 시마무라는 이 마을에서 처음 강기를 보는 셈이었다. 좀 낯설고 신기해서 그 안을 걸어 보았다. 낡은 차양 그늘은 어두웠다. 기울어진 기둥의 밑둥 근처가 썩어 있기도 했다. 조상 대대로 눈에 파묻힌 음울한 집 안을 엿보며 걷는 듯한 기분이었다.

눈 속에서 지칠 줄 모르고 일하는 베 짜는 여인들의 생활은 그들이 완성시킨 지지미처럼 산뜻하고 밝지는 못했다. 마을 인상으로 충분히 그렇게 짐작할 수 있었다. 지지미에 관해 쓴 옛날 책에도 당나라 진도옥(秦韜玉)의 시가 인용되어 있는데, 직녀를 고용해서까지 옷감을 짜는 집이 없었던 것은 한 필의 지지미를 짜는 데 워낙 많은 품이 들어 수지가 맞지 않

---

30) 가게의 처마.

기 때문이라 했다.

그토록 고생한 무명의 장인(匠人)은 이미 죽은 지 오래고, 아름다운 지지미만이 남았다. 여름에 서늘한 감촉을 주는, 시마무라 같은 이들의 사치스러운 옷으로 변했다. 그다지 신기할 것도 없는 일이 시마무라에게는 문득 신기하게 여겨졌다. 온 마음을 바친 사랑의 흔적은 그 어느 때고 미지의 장소에서 사람을 감동시키고야 마는 것일까? 시마무라는 강기 아래에서 거리로 나왔다.

역참 거리였던 듯 똑바로 길게 뻗은 시가였다. 온천 마을에서부터 이어지는 옛 도로일 것이다. 판자로 이은 지붕의 서까래며, 지붕을 눌러 놓은 돌도 온천 마을과 다를 바가 없었다.

차양 기둥이 엷은 그림자를 떨구고 있었다. 어느새 저녁 무렵이었다.

볼 만한 게 아무것도 없어 시마무라는 다시 기차를 타고 또 다른 마을에 내렸다. 먼저 들른 마을과 거의 비슷했다. 그저 하릴없이 터벅터벅 걷다가 추위를 덜기 위해 우동 한 그릇을 먹었을 뿐이었다.

우동집은 강기슭에 있었는데, 아마 온천장에서 흘러나오는 강이리라. 비구니들이 연달아 두세 명씩 짝지어 다리를 건너는 것이 보였다. 짚신을 신었는데, 그중에는 삿갓을 등에 걸친 이도 있었다. 탁발을 하고 돌아가는 길인 듯했다. 까마귀가 서둘러 제 보금자리를 찾아가는 느낌이었다.

"비구니가 꽤 다니는가?" 시마무라는 우동집 여자에게 물었다.

"예, 이 골짜기 안에 비구니 절이 있어요. 곧 눈이 쌓이면 산에서 나오기 힘들어지겠죠."

다리 저편에 저물어 가는 산은 이미 하얗다.

이 지방은 나뭇잎이 떨어지고 바람이 차가워질 무렵, 쌀쌀하고 찌푸린 날이 계속된다. 눈 내릴 징조다. 멀고 가까운 높은 산들이 하얗게 변한다. 이를 '산돌림'이라 한다. 또 바다가 있는 곳은 바다가 울리고, 산 깊은 곳은 산이 울린다. 먼 천둥 같다. 이를 '몸울림'이라 한다. 산돌림을 보고 몸울림을 들으면서 눈이 가까웠음을 안다. 옛 책에 그렇게 적혀 있었던 것을 시마무라는 떠올렸다.

시마무라가 아침 이부자리에서 단풍객의 우타이를 들은 그날, 첫눈이 내렸다. 올해도 벌써 바다와 산이 울렸을까. 시마무라는 혼자 여행을 다니며 온천에서 고마코와 줄곧 만나는 사이, 청각이 묘하게 예민해졌는지 바다와 산이 울리는 소리를 그저 연상만 해도 그 먼 울림이 귓속을 스치는 것 같았다.

"비구니들도 이제부턴 겨울나기로군. 몇 사람 정도 있소?"

"글쎄요, 많겠죠."

"비구니들만 모여 몇 달이고 눈 속에서 뭘 하고 지낸담? 옛날 이곳에서 짜던 지지미라도 절에서 짜 보면 어떨까?"

호기심 많은 시마무라의 말에, 우동집 여자는 엷은 웃음을 짓기만 했다.

시마무라는 역에서 돌아가는 기차를 두 시간가량 기다렸다. 약하게 비추던 해가 지고 나서는 찬 공기가 별을 말갛게 닦아낼 듯 쌀쌀해졌다. 발이 시렸다.

　무얼 하러 갔는지도 모른 채, 시마무라는 온천장으로 돌아왔다. 차가 여느 때처럼 건널목을 지나 사당의 삼나무 숲 옆에 왔을 때, 눈앞에 불 켜진 집이 한 채 있었다. 시마무라는 안심했으나 그것은 요릿집 기쿠무라였다. 입구에 게이샤가 서너 명, 서서 이야기를 나누고 있었다.

　고마코도 있군, 하고 생각할 틈도 없이 고마코만 눈에 띄었다.

　차 속력이 갑자기 떨어졌다. 시마무라와 고마코 사이를 잘 아는 운전사가 아무래도 서행을 한 모양이다.

　시마무라는 언뜻 고마코 반대 방향으로 뒤를 돌아보았다. 타고 온 자동차 바퀴 자국이 눈 위에 선명하게 남아 있어, 별빛으로 꽤 멀리까지 보였다.

　차가 고마코 앞에 왔다. 고마코는 설핏 눈을 감는가 싶더니 어느새 차에 뛰어올랐다. 차는 멈추지 않고 그대로 조용히 비탈을 올라갔다. 고마코는 자동차 문 밖의 발판에서 몸을 숙여 손잡이를 붙들고 있었다.

　달려들어 바싹 매달린 기세인데도 시마무라는 뭔가 훈훈하고 따스한 것이 곁에 다가온 듯, 고마코의 행동에 대해 아무런 부자연스러움이나 위험을 느끼지 못했다. 고마코는 차창을 안듯이 한쪽 팔을 들어올렸다. 소맷부리가 흘러내려 붉은 속옷 색깔이 두꺼운 유리 너머로 가득 넘쳐 와, 추위로 굳어진 시마무라의 눈꺼풀에 스며들었다.

　고마코는 유리창에 이마를 짓누르며,

"어딜 갔었어요? 어딜 갔었어요?" 하고 새된 소리로 외쳤다.

"위험하잖아! 엉뚱하긴." 시마무라도 큰 소리로 대답했으나, 감미로운 놀이에 불과했다.

고마코가 문을 열고 옆으로 쓰러지듯 들어왔다. 그러나 그때 차는 이미 멈춰 서 있었다. 산기슭에 닿았다.

"어딜 갔다 오신 거예요?"

"응, 그냥."

"어디?"

"어디랄 것도 없어."

옷자락을 고치는 고마코의 게이샤다운 손길이 시마무라에게 진기하게 비쳤다.

운전사는 가만히 있었다. 막다른 길목에서 멈춰 선 차에 이렇게 계속 타고 있는 것은 이상스럽다고 시마무라가 깨닫자,

"내려요." 하고 시마무라의 무릎 위에 고마코가 손을 얹었다.

"아이, 차가워! 이렇게나. 왜 절 데려가지 않았어요?"

"그랬군."

"뭐라고요? 이상한 사람."

고마코는 즐거운 듯 웃고, 가파른 샛길 돌계단을 올라갔다.

"당신이 나가는 걸 봤어요. 2시나 3시 전이었죠?"

"응."

"차 소리가 들려 나와봤죠. 문 밖으로 나와본 거예요. 당신은 뒤도 안 돌아봤죠?"

"응?"

"보지 않았어요. 왜 뒤돌아보지 않았어요?"

시마무라는 놀랐다.

"제가 배웅한 거 몰라요?"

"몰랐어."

"그것 봐요." 하고 고마코는 역시 즐거운 듯 미소 지었다. 그리고 어깨를 기대 왔다.

"왜 절 데려가지 않았죠? 몸이 이렇게 차서, 싫어요."

느닷없이 화재 경보 종소리가 요란하게 울렸다.

두 사람은 뒤돌아보자마자,

"불, 불이야!"

"불이다!"

불길이 아랫마을 한가운데에서 솟아오르고 있었다.

고마코는 뭔가 두 번 세 번 연거푸 외쳐 대며 시마무라의 손을 잡았다.

뒤엉키며 피어오르는 검은 연기 속에 화염이 이글거렸다. 그 불은 옆으로 기어올라 처마를 집어삼킬 것 같았다.

"어디지? 당신이 전에 있던 선생님 댁 근처 아닌가?"

"아니에요."

"어디쯤이지?"

"좀 더 위. 정거장 쪽이에요."

화염이 지붕을 뚫고 치솟았다.

"어머, 고치 창고, 고치 창고예요. 어떡해! 고치 창고가 타요!"고마코는 연신 말하며 시마무라의 어깨에 뺨을 갖다 눌렀다.

"고치 창고, 고치 창고예요!"

불길은 더욱 활활 타오를 뿐인데, 높은 데서 별이 빛나는 드넓은 하늘 밑을 내려다보니, 마치 장난감 불처럼 고요했다. 그럼에도 엄청난 불꽃 터지는 소리가 들리는 듯한 공포가 전해져 왔다. 시마무라는 고마코를 안았다.

"무서워할 거 없어."

"싫어, 싫어. 싫어!" 고마코는 고개를 내저으며 울음을 터뜨렸다. 그 얼굴이 시마무라의 손바닥 안에서 여느 때보다 자그맣게 느껴졌다. 단단한 관자놀이가 떨리고 있었다.

불을 보고 울음을 터뜨렸지만, 무엇 때문에 우는지 의심도 않고 시마무라는 고마코를 끌어안고 있었다.

고마코는 금방 울음을 그치고 얼굴을 들어, "그래요, 고치 창고에서 영화 상영이 있어요. 오늘밤이에요. 사람들이 많을 텐데. 어떡해……."

"그거 큰일이군."

"사람들이 다칠 거예요. 타 죽을지도 몰라요."

두 사람은 당황해서 돌계단을 뛰어 올라갔다. 위쪽에서 웅성대는 소리가 들렸기 때문이다. 올려다보니 높은 여관의 2, 3층 대부분의 방 장지문이 열렸고, 환한 복도로 사람들이 나와 불구경을 하고 있었다. 마당 언저리에 늘어선 마른 국화가 여관 등불 때문인지 별빛을 받아선지 윤곽을 드러내, 얼핏 불길이 비치는 듯싶더니, 그 국화 뒤에도 사람이 서 있었다. 두 사람의 머리 위로 여관 지배인과 함께 서너 명이 구르듯 뛰어 내려왔다. 고마코는 목청을 높여,

"이봐요, 고치 창고죠?"

"고치 창고야!"

"부상자는? 다친 사람은 없나요?"

"계속 구해 내고 있어! 활동사진 필름에서 확 타오르는 바
람에 불길이 빨라. 전화로 들었지. 저것 보라고!" 지배인은 만
나기 바쁘게 한쪽 팔을 치켜들고 지나갔다.

"아이들을 2층에서 마구 던져 내린다는구먼."

"어머! 어떡해." 하고 고마코는 지배인을 쫓듯 돌계단을 내
려갔다. 뒤에서 내려오던 사람들이 앞질러 달려갔다. 고마코도
덩달아 달음질쳤다. 시마무라도 뒤쫓았다.

돌계단 아래에서는 불이 집 들에 가려 화염의 끄트머리밖
에 보이지 않았다. 게다가 화재 경보 종소리가 정신없이 울려
퍼지는 터라, 더욱 불안해하며 달려 나갔다.

"눈이 얼어붙었으니 조심하세요. 미끄러져요." 하고 고마코
는 시마무라를 돌아보았다. 그 참에 멈춰 서서,

"그래요. 당신은 괜찮아요, 안 가셔도. 마을 사람들이 전 걱
정이에요."

듣고 보면 그렇기도 했다. 시마무라는 맥이 빠졌다. 발밑에
기차 선로가 보이고 어느새 건널목 앞까지 와 있었다.

"은하수예요. 예쁘죠?"

고마코는 중얼거리고는 하늘을 쳐다보며 다시 달려 나갔다.

아아! 은하수, 하고 시마무라도 고개를 들어 올려다본 순
간, 은하수 속으로 몸이 둥실 떠오르는 것 같았다. 은하수의
환한 빛이 시마무라를 끌어올릴 듯 가까웠다. 방랑 중이던 바

쇼[31]가 거친 바다 위에서 본 것도 이처럼 선명하고 거대한 은하수였을까. 은하수는 밤의 대지를 알몸으로 감싸 안으려는 양, 바로 지척에 내려와 있었다. 두렵도록 요염하다. 시마무라는 자신의 작은 그림자가 지상에서 거꾸로 은하수에 비춰지는 느낌이었다. 은하수에 가득한 별 하나하나가 또렷이 보일 뿐 아니라, 군데군데 광운(光雲)의 은가루조차 알알이 눈에 띌 만큼 청명한 하늘이었다. 끝을 알 수 없는 은하수의 깊이가 시선을 빨아들였다.

"이봐, 기다려!"

시마무라가 고마코를 불렀다.

"어서 와요!"

은하수가 떨어져 내리는 어두운 산 쪽으로 고마코는 달렸다.

기모노 자락 끝을 손에 들었는지, 팔을 흔들 때마다 빨간 옷자락이 오르락내리락했다. 별빛 가득한 눈 위에서 빨간색임을 알 수 있었다.

시마무라는 한달음에 쫓아갔다.

고마코는 걸음을 늦추더니, 치맛단을 놓고 시마무라의 손을 잡았다.

"당신도 가려고요?"

"응."

"호기심도 많으셔." 하고 눈 위에 내려뜨린 옷자락을 집어 올리며,

---

31) 마쓰오 바쇼(松尾芭蕉, 1644~1694). 일본 전통 시 하이쿠[俳句] 시인.

"절 놀려 댈 테니까 돌아가 주세요."

"응, 저기까지만."

"안 돼요. 불난 곳까지 당신을 데려가면 마을 사람들한테 미안해요."

시마무라가 끄덕이고 멈춰 섰는데도, 고마코는 시마무라의 소매를 가볍게 잡은 채 천천히 걸었다.

"어디서 기다려 줘요. 곧 돌아올게요. 어디가 좋아요?"

"어디든 괜찮아."

"그래요, 조금만 더 저쪽으로." 하고 고마코는 시마무라의 얼굴을 들여다보다가 갑자기 머리를 내저으며,

"아냐, 그러지 말아요."

고마코가 몸을 세게 부딪혀왔다. 시마무라는 비틀거렸다. 길 옆으로 얕게 쌓인 눈 속에 파가 줄지어 자라고 있었다.

"한심해요."

그리고 고마코는 재빨리 따지고 들었다.

"당신은 절 좋은 여자라고 하셨죠? 떠날 사람이 왜 그런 말을 하신 거예요?"

고마코가 머리꽂이를 툭툭 다다미에 내리꽂던 모습을 시마무라는 떠올렸다.

"울었어요. 집에 돌아가서도 울었어요. 헤어지는 게 무서워요. 하지만 어서 가 버려요. 그 말 듣고 울었던 걸 잊진 않을 테니까."

고마코의 오해로 도리어 여자의 몸 깊숙이까지 파고든 말을 생각하자 시마무라는 어쩔 수 없는 미련이 사무쳤는데, 불

난 곳에서 갑자기 사람들 소리가 들려왔다. 새로 타오르는 불길이 불똥을 튀기고 있었다.

"어머! 다시, 저렇게 불길이 치솟아요."

두 사람은 그제야 구원받은 듯, 내달리기 시작했다.

고마코는 잘 달렸다. 꽁꽁 언 눈을 게다로 재빠르게 스치며, 팔도 앞뒤로 흔들기보다는 양쪽 겨드랑이에 붙인 모습이었다. 가슴께에 단단히 힘준 자세가, 의외로 몸집이 작다고 시마무라는 생각했다. 다소 살찐 시마무라는 고마코의 모습을 보며 달리느라, 단박에 숨이 가빠졌다. 그러나 고마코도 갑자기 숨이 차, 시마무라에게 허청거리며 기댔다.

"눈이 시려서 눈물이 나요."

뺨이 달아오르는데 눈만은 차갑다. 시마무라도 눈꺼풀이 젖었다. 깜박거리자 은하수가 눈에 가득 찼다. 시마무라는 흘러내릴 듯한 눈물을 참으며,

"매일 밤 이런 은하수인가?"

"은하수? 예뻐요. 매일 밤은 아니겠죠. 아주 맑네요."

은하수는 두 사람이 달려온 뒤에서 앞으로 흘러내려, 고마코의 얼굴이 은하수에 비추어지는 듯했다.

그러나 콧날 모양도 분명치 않고 입술 빛깔도 지워져 있었다. 하늘을 가득 채워 가로지르는 빛의 층이 이렇게 어두운가 하고 시마무라는 믿기지 않았다. 희미한 달밤보다 엷은 별빛인데도 그 어떤 보름달이 뜬 하늘보다 은하수는 환했고, 지상에 아무런 그림자도 드리우지 않는 흐릿한 빛 속에 고마코의 얼굴이 낡은 가면처럼 떠올라, 여자 내음을 풍기는 것이 신기

했다.

올려다보고 있으니 은하수는 다시 이 대지를 끌어안으려 내려오는 듯했다.

거대한 오로라처럼 은하수는 시마무라의 몸을 적시며 흘러, 마치 땅끝에 서 있는 것 같은 느낌도 주었다. 고요하고 차가운 쓸쓸함과 동시에 뭔가 요염한 경이로움을 띠고도 있었다.

"당신이 가고 나면 전 성실하게 살 거예요."라고 말하며 걸음을 옮긴 고마코는 흐트러진 머리에 손을 가져갔다. 대여섯 걸음 가다가 뒤돌아보았다.

"왜 그러세요? 싫어요."

시마무라는 그저 서 있기만 했다.

"그럴래요? 기다리고 계세요. 나중에 같이 방으로 가요."

고마코는 왼손을 잠깐 들어올리고 달려갔다. 뒷모습이 어두운 산 밑으로 빨려 들어가는 것 같았다. 은하수는 산 능선이 끝나는 곳에 그 자락을 펼쳤다가 거기서 다시 거꾸로 화려하고 크게 하늘로 퍼져, 산은 한층 어둡게 가라앉아 있었다.

시마무라가 걷기 시작했을 때, 이미 고마코의 모습은 거리의 집 들에 가려지고 말았다.

"이영차, 이영차, 이영차!" 하는 소리가 들리고 거리에서 물펌프를 끌고 가는 모습이 보였다. 거리는 연이어 달려 나가는 사람들로 메워졌다. 시마무라도 서둘러 거리로 나섰다. 두 사람이 온 길은 정(丁) 자 모양으로 거리와 맞닥뜨리게 되어 있었다.

다시 펌프가 왔다. 시마무라는 그 뒤를 따라 달렸다.

낡은 수동식 나무 펌프였다. 앞에서 긴 밧줄을 잡아당기는 사람들 외에도, 펌프 주위를 소방대원들이 에워싸고 있어 펌프는 우스울 정도로 작아 보였다.

펌프가 오자 고마코도 길가로 피했다가 시마무라를 발견하고 함께 달렸다. 펌프를 피해 길가에 서 있던 사람들이 펌프에 빨려 들어가듯 뒤를 좇았다. 지금은 두 사람도 불난 곳으로 달려 나가는 사람들 무리에 불과했다.

"오셨군요? 호기심 많은 사람."

"응. 초라한 펌프군. 메이지 이전 거야."

"그래요. 넘어지지 말아요."

"미끄럽군."

"이다음에 눈보라가 밤새 휘몰아칠 때 한번 와 보세요. 올 수 없을 테죠? 꿩이며 토끼가 인가로 도망쳐 들어와요." 고마코의 목소리는 소방대원들의 외침이나 사람들 발소리와 어우러져 밝고 들떠 있었다. 시마무라도 몸이 가벼웠다.

불꽃 터지는 소리가 들렸다. 눈앞에 불길이 솟았다. 고마코는 시마무라의 팔꿈치를 잡았다. 거리의 낮고 시커먼 지붕들이 불빛을 받아 후우 호흡하듯 떠올랐다가 잦아들었다. 길을 따라 펌프에서 물이 흘러나왔다. 시마무라와 고마코도 벽처럼 둘러선 사람들 앞에 자연히 멈춰 섰다. 불탄 단내 속에 누에고치를 찌는 듯한 냄새가 섞여 있었다.

영화 필름에서 불이 났다느니, 구경하던 아이들을 2층에서 던져 내렸다느니, 부상자는 없었다느니, 마침 마을의 누에고치며 쌀이 들어 있지 않아 다행이라느니 하며, 사람들은 여기 저기서 비슷한 이야기를 큰 소리로 떠들어 댔다. 그럼에도 모두 말없이 불을 지켜보고 있는 듯한, 원근의 중심을 잃은 듯한, 일치된 정적이 불난 곳에 하나로 모아지고 있었다. 불 소리와 펌프 소리를 듣는 것 같았다.

가끔 뒤늦게 달려온 마을 사람이 가족의 이름을 부르며 돌아다녔다. 대답하는 이가 있으면, 서로 기뻐하며 함성을 지른다. 이들의 목소리만은 생생히 오갔다. 화재 경보 종소리는 이미 그쳐 있었다.

사람들 눈을 의식한 시마무라는 고마코로부터 조금 떨어져, 아이들 무리 뒤로 가 섰다. 불의 열기에 아이들은 뒷걸음질 쳤다. 발밑의 눈도 조금씩 풀리는 것 같았다. 둘러선 사람들 앞의 눈은 불과 물에 녹아 어지러운 발자국들로 질퍽해져 있었다.

그곳은 고치 창고 옆의 밭터로, 시마무라와 함께 달리던 마을 사람들이 거의 와 있었다.

불은 영사기를 세워 놓은 입구 쪽에서 난 듯, 고치 창고의 절반쯤은 이미 지붕도, 벽도 다 타 버리고 없었다. 기둥이며 대들보 같은 골격만이 연기를 피우며 서 있었다. 판잣지붕, 벽, 마루가 전부인 텅 빈 창고일 뿐이라, 안에서는 연기도 별로 나지 않았다. 충분히 물이 뿌려진 지붕도 더 이상 타는 것 같지 않은데도, 불길은 계속 번져 엉뚱한 곳에서 불꽃이 생겼다. 석 대의 물펌프로 허둥지둥 끄려고 하면 확, 불똥이 치솟고 검은 연기가 일었다.

불똥은 은하수 속으로 퍼져 나가며 흩어져, 시마무라는 또 한번 은하수 쪽으로 끌어올려지는 느낌이었다. 연기가 은하수로 흐르는 것과 반대로, 은하수가 쏴아 하고 흘러 내려왔다. 지붕을 비껴난 펌프의 물줄기 끝이 흔들려 물안개처럼 희뿌연 것도 은하수 빛이 비추기 때문인 것 같았다.

어느 틈에 다가왔는지 고마코가 시마무라의 손을 잡았다. 시마무라는 돌아보고도 아무 말 하지 않았다. 줄곧 불을 지켜보는 고마코의 약간 상기된 진지한 얼굴에 불길의 호흡이 일렁거렸다. 시마무라의 가슴에 격한 감정이 복받쳐 왔다. 고마코의 머리카락은 흐트러지고 목은 길게 빼고 있었다. 거기로 저도 모르게 손을 가져갈 듯, 시마무라는 손가락 끝이 떨렸다. 시마무라의 손도 따스했으나 고마코의 손은 더 뜨거웠다. 왠지 시마무라는 이별할 때가 되었다고 느꼈다.

입구 쪽 기둥인지 뭔지에서 다시 불이 일어 타오르기 시작해, 펌프의 물이 한 줄기 그쪽에 뿌려지자, 용마루며 대들보가 지지직 김을 뿜으며 무너져 내렸다.

앗! 하고 빙 둘러선 사람들이 숨을 죽인 채, 여자의 몸이 떨어지는 것을 보았다.

고치 창고는 극장으로도 사용할 수 있도록 2층에 모양뿐인 객석을 갖추고 있었다. 2층이라 해도 나지막하다. 그 2층에서 떨어졌기 때문에 지상까지는 겨우 한순간에 불과했으나, 떨어지는 모습을 똑똑히 눈으로 좇을 만큼의 시간이 있었던 것 같다. 마치 인형을 방불케 하는 묘한 추락이었던 탓인지도 모른다. 한눈에 실신했음을 알 수 있었다. 밑으로 떨어져도 소리가 나지 않았다. 물이 뿌려진 곳이라 먼지도 일지 않았다. 새로 번져 가는 불과 아까 타다 남은 재에서 이는 불꽃 사이에 떨어진 것이다.

타다 남은 불꽃 쪽에 펌프 한 대가 비스듬히 활 모양으로 물을 뿌리는 가운데, 그 앞으로 문득 여자의 몸이 떠올랐다. 그런 추락이었다. 여자의 몸은 공중에서 수평이었다. 시마무라는 움찔했으나 순간, 위험도 공포도 느끼지 않았다. 비현실적인 세계의 환영 같았다. 경직된 몸이 공중에 떠올라 유연해지고 동시에 인형 같은 무저항, 생명이 사라진 자유로움으로 삶도 죽음도 정지한 듯한 모습이었다. 시마무라를 스친 불안이라면, 수평으로 뻗은 여자의 몸이 땅에 떨어질 때 머리 쪽이 먼저 부딪히지는 않을까, 허리나 무릎이 꺾이지는 않을까 하는 것이었다. 충분히 그렇게 될 여지가 있었으나 수평인 채 떨어졌다.

"아앗!"

고마코가 날카롭게 외치며 두 눈을 가렸다. 시마무라는 눈도 깜박이지 않고 지켜보았다.

떨어진 여자가 요코라고 시마무라가 안 것은 언제였을까? 사람들이 앗 하고 숨죽인 것도, 고마코가 아앗 하고 외친 것도 실은 거의 동시였다. 요코의 장딴지가 땅 위에서 경련을 일으킨 것도 같은 순간이었다.

고마코의 외침은 시마무라의 몸을 꿰뚫었다. 요코의 장딴지가 경련을 일으킴과 동시에 시마무라의 발끝까지 차가운 경련이 지나갔다. 뭔가 애절한 고통과 비애에 휩싸여, 심장이

세차게 뛰었다.

요코의 경련은 눈으로 알아볼 수 없을 정도로 희미했고, 금방 멈추었다.

그 경련보다도 먼저 시마무라는 요코의 얼굴과 화살 무늬가 있는 빨간 기모노를 보고 있었다. 요코는 하늘을 보며 떨어졌다. 한쪽 무릎 약간 위까지 옷자락이 올라가 있었다. 땅에 부딪고도 장딴지에 경련이 일었을 뿐, 그저 실신한 모습이었다. 시마무라는 웬지 죽음은 떠올리지 않았으나, 요코의 내부에서 생명이 변형되는 순간임을 느꼈다.

요코가 떨어진 2층 관람석에서 나무 기둥이 두세 개 무너져 내려, 요코의 얼굴 위에서 타올랐다. 요코는 그 찌르듯 아름다운 눈을 감고 있었다. 턱을 내밀어 목선이 길었다. 창백한 얼굴 위로 불빛이 흔들리며 지나갔다.

몇 해 전인가, 시마무라가 이 온천장으로 고마코를 만나러 오는 기차 안에서 요코의 얼굴 한가운데 야산의 등불이 켜졌을 때의 모습을 문득 떠올리고, 시마무라는 다시 가슴이 떨렸다. 일시에 고마코와 함께한 시간들이 환히 비쳐진 것 같았다. 뭔가 애절한 고통과 비애도 여기에 있었다.

고마코가 시마무라 곁에서 달려 나갔다. 고마코가 비명을 지르며 눈을 가린 것과 거의 같은 순간이었다. 사람들이 앗, 하고 숨죽인 바로 그때였다.

물을 뒤집어쓴 타다 남은 시커먼 나무들이 어지러이 흩어진 속에서, 고마코는 게이샤의 긴 옷자락을 끌며 비틀거렸다. 요코를 가슴에 안고 돌아오려 했다. 필사적으로 버티려는 얼굴 아래, 요코의 승천할 듯 멍한 얼굴이 늘어져 있었다. 고마코는 자신의 희생인지 형벌인지를 안고 있는 듯한 모습이었다.

마을 사람들이 저마다 소리를 지르며 우르르 달려 나와, 두 사람을 에워쌌다.

"비켜요, 비켜 주세요!"

고마코의 외침이 시마무라에게 들렸다.

"이애가 미쳐요! 미쳐요!"

정신없이 울부짖는 고마코에게 다가가려다, 시마무라는 고마코로부터 요코를 받아 안으려는 사내들에 떼밀려 휘청거렸다. 발에 힘을 주며 올려다본 순간, 쏴아 하고 은하수가 시마무라 안으로 흘러드는 듯했다.

시마무라 혹은 가와바타의 눈[眼]

국경의 긴 터널을 빠져나오자, 눈의 고장이었다. 밤의 밑바닥이 하얘졌다. 신호소에 기차가 멈춰 섰다.

소설 못지않게 너무나 유명한 『설국』의 이 서두는 일본 근대 문학 전 작품을 통틀어 보기 드문 명문장으로 손꼽힌다. 일본어가 지닌 독특한 운율이 제대로 살아 있고, 독자로 하여금 마치 소설 속 주인공과 더불어 어둑하고 긴 터널을 지나 막 눈부신 은세계로 나온 듯 환한 기분을 맛보게 한다. 상상해 보라, 보이는 것이라곤 온통 눈뿐인 차갑게 가라앉은 적요한 마을을.

『설국』이 전개되는 구체적 무대는 니가타현의 에치고 유자와[越後湯澤] 온천으로, 작가는 이곳에 직접 머물며 작품을 집필해 나갔다. 가와바타 야스나리에게 여행은 매우 중요한 창작의 요소다. "내 소설의 대부분은 여행지에서 써졌다. 풍경은 내게 창작을 위한 힌트를 줄 뿐 아니라, 통일된 기분을 선사해 준다. 여관방에 앉아 있으면 모든 걸 잊을 수 있어 공상에도 신선한 힘이 솟는다. 혼자만의 여행은 모든 점에서 내 창작의 집이다."라고 그는 쓴 바 있다.

게다가 외진 한촌(寒村)에 불과한 유자와 온천으로 가와바타가 발길을 옮긴 것은, 자연 풍경 묘사에 대한 작가로서의 관심 때문이다. 그는 에치고 유자와 온천에 한 달 정도 체재하는 동안, 계절의 변화를 유심히 관찰하면서 당시의 문학, 특히 소설이 자연에서 멀어지고 이를 소홀히 한 결과로, 자연을 묘사하고 표현하는 데 낡고 구태의연한 단어들만 떠올리게 되었다는 사실을 절감하게 되었다. 기차가 다니지 못할 정도의 큰 눈이 내리고, 눈에 갇힌 채 긴 겨울을 보내야 하는 이곳 사람들은 삼파쿠 차림으로 다닌다. 아이들은 얼음을 깨며 논다. 눈집을 짓는 아이들의 '새 쫓기 축제'. 들판 가득한 흰 눈 위에 펼쳐져 햇살을 받는 지지미 '눈 바래기' 풍경, 눈과 천이 모두 다 홍빛으로 물드는 장관을 볼 수 있는 곳.

『설국』은 눈에 파묻힌 산골의 자연 풍경 그리고 눈 지방에서만 찾아볼 수 있는 독특한 서정과 분위기가 한데 어우러진 배경 속에서 그 아련한 매력을 발산하는 소설이다.

『설국』은 처음부터 하나의 완결된 작품으로 구상된 것이 아니다. 가와바타가 36세 때 쓴 단편 「저녁 풍경의 거울」(《문예춘추》, 1935. 1) 이후, 이 작품의 소재를 살려 단속적으로 발표한 단편들이 모여 연작 형태의 중편 『설국』이 완성되었다. 1948년, 완결판 『설국』을 출간하기까지는 13년의 시간이 흘렀다. 『설국』 외에 명작으로 꼽히는 『천우학(千羽鶴)』, 『산소리』 등도 이런 방법으로 소설이 완성되었다. 따라서 작가가 '단숨에 써 내려간 것이 아니라 생각날 때마다 이어 쓴 것을 드문드문 잡지에 발표한' 작품인 만큼, 『설국』은 기승전결이 분명한 스토리보다는 등장인물의 심리 변화와 주변의 자연 묘사에 상당 부분 치중하고 있다.

인물 사이에 오가는 사소한 표정의 변화와 말투, 몸동작에 숨어 있는 감정의 흐름, 주변의 사물과 자연이 드러내는 계절의 추이가 섬세하게 그려진 가와바타 특유의 감각적 표현과 문체의 결을 음미하는 것, 그래서 『설국』 읽기는 조금 색다른 접근법을 독자에게 요구하는지도 모른다.

『설국』은 '가와바타 문학이 정점에 도달한 근대 일본 서정 소설의 고전'으로 알려져 있다. 이 소설의 핵심은 순간순간 덧없이 타오르는 여자의 아름다운 정열에 있다. 개통한 지 얼마 안 된 기다란 시미즈[清水] 터널 밖으로 나오면 눈의 고장, 설국이 있다. 그 한적한 곳의 온천장에서 게이샤로 살아 가는 고마코. 그녀에게서 발산되는 야성적 정열과는 대조적으로 순진무구한 청순미로 시마무라의 마음을 끌어당기는 요코. 이 두 여자를, 도쿄에서 온 무위도식하는 여행자에 불과한 시마무라는 허무의 눈으로 지켜본다.

고마코가 아들의 약혼자, 요코가 아들의 새 애인, 그러나 아
들이 얼마 못 가 죽는다면, 시마무라의 머리에는 또다시 헛수
고라는 단어가 떠올랐다. 고마코가 약혼자로서의 약속을 끝까
지 지킨 것도, 몸을 팔아서까지 요양시킨 것도 모두 헛수고가
아니고 무엇이랴.

고마코를 만나면 댓바람에 헛수고라고 한 방 먹일 생각을 하
니, 새삼 시마무라에겐 어쩐지 그녀의 존재가 오히려 순수하게
느껴졌다.

'모든 게 헛수고'라고 여기는 시마무라지만 '헛수고일수록
오히려 순수하게' 비치는 고마코와 요코에게, 자신도 모르게
한걸음씩 다가가고 있다. 그리고 고마코와 요코의 존재는 '아
름답고 예민한 것의 감각적인 저울'인 시마무라, 혹은 작가 자
신의 냉정하고 예리한 시선에 의해 낱낱이 포착되어, 형태를
갖추고 생기를 띤다. 시마무라는 도회지 출신으로 일정한 직
업도 없이 서양 무용에 대해 글 쓰는 일이 전부인 한가한 여
행자로 설정되어 있다. 여행자는 잠시 머물렀다가 떠나기 마련
이다. 그럼에도, 아니 바로 그런 이유로 시마무라를 향한 고마
코의 열정은 한층 애절하고 아름다운 것이 아닌지.

어려서부터 부모, 누나, 조부모의 죽음을 차례로 겪으며 혼
자 남은 쓸쓸함과 외로움을 견뎌야 했던 가와바타는 중학 시
절, 화가가 되려던 꿈을 작가로 바꾸었다. 도쿄제국대학 재학

중에《신사조》발간,《문예춘추》동인 참가, 제1차 세계 대전 이후 유럽 전위 문학의 영향을 적극적으로 수용하며 새로운 감각의 문학을 지향했던《문예시대》창간, 아쿠타가와[芥川] 상 심사위원, 해군 보도반원, 일본 펜클럽 회장, 노벨 문학상 수상 등의 경력은 늘 일본 문단의 중심에서 활약해 온 가와바타의 대외적인 일면을 전달하기에 충분하다.

　1924년,《문예시대》를 창간하면서 가와바타가 요코미쓰 리이치[横光利一]와 함께 전개한 '신감각파 운동'은, 소박한 현실 묘사와 재현에만 머물러 있는 종래의 문학을 벗어나, 현실을 주관적으로 파악하여 지적으로 구성된 새로운 현실을 풍부한 감각의 세계로 창조하려는 시도였다.

　임종이 가까운 조부의 침상을 홀로 지키며 기록한『16세의 일기』에서부터『이즈의 무희』,『서정가(抒情歌)』,『명인(名人)』,『천우학』,『산소리』,『잠자는 미녀』,『손바닥 소설』등에 이르는 일련의 작품은, 문단의 일시적 유행에 휩쓸리는 법 없이 간결한 문체와 빈틈없는 관찰력으로 인간의 고독한 내면을 깊숙이 파고드는 가와바타만의 문학적 특징을 보여 준다. 빛과 색채 또는 소리에 기이할 정도로 예민한 그의 감각은 때로 현실을 몽환적인 순간으로 바꿔 놓기도 한다. 이를테면『설국』에서 다음과 같은 묘사는 매우 인상적이다.

　눈 내리는 계절을 재촉하는 화로에 기대어 있자니, 시마무라는 이번에 돌아가면 이제 결코 이 온천에 다시 올 수 없으리라는 느낌이 들었다. 여관 주인이 특별히 꺼내 준 교토산(産) 옛 쇠주전자에서 부드러운 솔바람 소리가 났다. 꽃이며 새가 은으로 정교하게 새겨져 있었다. 솔바람 소리는 두 가지가 겹쳐, 가깝고 먼 것을 구별해 낼 수 있었다. 또한 멀리서 들리는 솔바람 소리 저편에서는 작은 방울 소리가 아련히 울려퍼지고 있는 것 같았다. 시마무라는 쇠주전자에 귀를 가까이 대고 방울 소리를 들었다. 방울이 울려 대는 언저리 저 멀리, 방울 소리만큼 종종걸음치며 다가오는 고마코의 자그마한 발을 시마무라는 언뜻 보았다. 시마무라는 깜짝 놀라, 마침내 이곳을 떠나지 않으면 안 되겠다고 마음먹었다.

한 나라의 고유한 문화와 정서가 짙게 배어 있는 훌륭한 작품일수록 번역이 힘들다. 그런 까닭에 『설국』은 참으로 번역자를 곤혹스럽게 만드는 소설이다. 번역 작업에는 불가피하게 번역자 개인의 작품 이해와 해석이 적잖은 영향을 끼친다.

『설국』의 우리말 번역은 이미 여러 차례 시도된 바 있지만 번역을 통해 외국 작품을 처음 접하게 될 독자에게 번역자로서 엄청난 책임감을 느끼며 이 작품의 번역에 임했다. 미숙한 솜씨로나마, 독자들도 함께 슬프도록 아름다운 『설국』의 세계에 흠뻑 빠져들 수 있기를 희망해 본다.

2002년 1월
유숙자

작가 연보

1899년 6월, 오사카에서 태어났다. 부친은 의사였다.

1901년 부친 사망. 외가로 거처를 옮겼다.

1902년 모친 사망. 누나와 헤어져 조부모와 함께 생활하게 되었다.

1906년 조모 사망. 이후 10년간 조부와 단둘이 살았다. 3년 뒤, 누나도 숙모집에서 사망했다.

1912년 이바라키 중학교에 수석으로 입학. 이때부터 소설가를 꿈꾸었다.

1914년 조부 사망. 조부의 임종을 지켜보며 쓴 일기를 후에 「16세의 일기」(1925)로 발표했다.

1917년 3월, 중학교 졸업 후 도쿄로 올라와 9월에 제일 고등학교에 입학했다.

1918년　가을, 처음으로 이즈를 여행했고 이때의 체험을 소설 「이즈의 무희」에 썼다.

1920년　7월, 고등학교 졸업. 도쿄제국대학 문학부 영문학과에 입학했다.

1921년　2월, 이토 하쓰요와의 연애, 약혼했으나 파혼. 문학 동인지 《신사조(新思潮)》 발간, 「어떤 약혼」을 발표했다. 4월, 「초혼제 일경(招魂祭一景)」 발표, 호평을 얻었다.

1922년　6월, 국문학과로 전과.

1923년　5월, 「장례식의 명인」을 《문예춘추》에 발표했다.

1924년　3월, 도쿄제국대학 졸업. 졸업 논문은 「일본소설사 소론」. 10월, 신진 작가들이 모여 《문예시대》를 창간하며 요코미쓰 리이치와 신감각파 운동을 일으켰다.

1926년　1-2월, 「이즈의 무희」를 《문예시대》에 발표. 6월, 첫 창작집 『감정 장식』을 출간했다.

1929년　4월, 「시체 소개인」을 《문예춘추》에 발표. 『가와바타 야스나리 작품집』을 출간했다.

1930년　4월, 신흥예술파 총서 『나의 표본실』을 출간했다.

1933년　「이즈의 무희」가 영화화되었다. 6월, 단편집 『화장과 휘파람』 출간. 7월, 「금수(禽獸)」를 《개조》에 발표했다.

1934년　6월, 처음으로 에치고 유자와를 여행, 『설국』의 주인공 고마코의 실제 모델인 마쓰에를 만났다. 12월, 『서정가』를 출간했다.

1935년　1월, 문예춘추사에서 아쿠타가와 류노스케(芥川龍之介) 문학상이 제정되어 선정위원으로 참가했다. 「저녁 풍경의 거울」을 《문예춘추》에 발표했다.(이 작품과 그 후 연작 형태로 쓴 단편들을 모아 1937년 6월 『설국』으로 출간, 이어 1948년 12월 완결본 『설국』을 출간했다.)

1936년   4월, 『꽃의 왈츠』 출간. 9월, 『순수한 목소리』 간행.

1938년   혼인보 슈사이 명인 은퇴기 관전기 연재.

1941년   《만주일일신문》의 초청으로 만주 방문. 태평양전쟁 발발. 12월, 단편집 『사랑하는 사람들』을 출간했다.

1945년   해군 보도반원으로 가고시마현 비행장에 갔다. 5월, 책 대여점 '가마쿠라 문고'를 열었다.

1948년   5월부터 『가와바타 야스나리 전집』(전16권)을 신초샤에서 간행(1954년 완결). 6월, 일본 펜클럽 제4대 회장에 취임했다. 12월, 완결본 『설국』 출간.

1949년   5월, 「천우학」 발표.(이후 연작 형태로 단편을 써서 1951년 10월에 완결했다.) 9월, 「산소리」 발표.(이후 연작 형태의 단편들을 모아 1954년 4월에 출간했다.)

1951년   8월, 「명인」 발표.

1952년   1월, 「명인 생애」 발표. 2월, 『천우학』 출간. 이 작품으로 예술원상을 수상했다. 5월, 「명인 공양(供養)」 발표.

1953년   『천우학』 영화화. 예술원 회원으로 추대되었다.

1954년   「산소리」 영화화. 4월, 『산소리』 간행으로 제7회 노마〔野間〕 문예상을 수상했다. 5월, 「명인 여향(余香)」 발표. 7월, 『우칭위안 기담(吳清源棋談)·명인』 출간.

1957년   3월, 국제 펜클럽 집행위원회 출석차 유럽을 여행, 엘리엇과 모리악 등을 만났다. 4월, 『설국』이 영화화되었다.

9월, 도쿄에서 제29회 국제 펜 대회를 개최하는 등 일본 펜클럽 회장으로 분주히 보냈다.

1958년   3월, 기쿠치 간〔菊池寬〕상 수상. 6월, 오키나와 여행. 11월, 담석증으로 도쿄대학 병원에 입원했다.

1959년   7월, 독일 프랑크푸르트의 국제 펜 대회에서 괴테 메달을 받고 국제 펜 부회장 가운데 한 명으로 추대되었다.

1960년   1월부터 「잠자는 미녀」를 《신조》에 연재(이듬해 9월 완결). 프랑스 정부로부터 예술문화훈장을 받았다. 7월, 브라질 국제 펜 대회에 출석했다.

1961년   11월, 제21회 문화훈장 수상. 『잠자는 미녀』 출간.

1962년   『잠자는 미녀』로 마이니치 출판문화상을 수상했다. 6월, 『고도(古都)』 출간.

1965년   10월, 일본 펜클럽 회장 사임.

1967년   2월, 중국 문화 대혁명에 반발해 학문과 예술의 자유 옹호를 위한 성명을 아베 코보, 미시마 유키오 등과 함께 발표했다.

1968년   10월, 노벨 문학상 수상자로 결정되었다. 12월, 스웨덴 스톡홀름의 수상식에서 「아름다운 일본의 나──그 서설」이라는 기념 강연을 했다. 『잠자는 미녀』 영화화.

1969년   3월, 일본문학 특별 강의를 하기 위해 하와이 대학에 갔다. 4월, 『가와바타 야스나리 전집』(전 19권)이 신초샤에서 간행 개시.(1974년 3월 완결) 5월, 하와이 대학에서 「미(美)의 존재와 발견」을 강의했다.

1970년   6월, 대만에서 개최된 아시아 작가회의에 참석하여 강

연했다. 이어 서울에서 개최된 국제 펜클럽 대회에 참석. 9월, 「대만·한국」을 《신조》에 발표했다.

1971년   8월, 『정본(定本) 설국』 출간. 12월, 「시가 나오야」를 《신조》에 연재(1972년 3월까지). 일본 근대문학관 명예 관장으로 추대되었다.

1972년   3월 7일, 급성 맹장염으로 입원하여 수술을 받고 15일 퇴원했다. 4월 16일, 즈시 마리나의 맨션에서 스스로 생을 마감했다. 12월 「설국초(雪国秒)」 발표.

1973년   3월, 가와바타 야스나리 문학상이 제정되었다.

1985년   5월, 이바라키 시립 가와바타 야스나리 문학관이 개관되었다.

---

* 이 연보는 가와바타 야스나리 유족으로부터 공식 승인을 받은 것이 아니며, 기존에 공개된 여러 자료를 바탕으로 민음사에서 작성하였습니다.

세계문학전집 61

설국

1판 1쇄 펴냄 2002년 1월 28일
1판 86쇄 펴냄 2024년 12월 24일

지은이 가와바타 야스나리
옮긴이 유숙자
발행인 박근섭, 박상준
펴낸곳 (주)민음사

출판등록 1966. 5. 19. (제 16-490호)
서울특별시 강남구 도산대로1길 62(신사동) 강남출판문화센터 5층 (우편번호 06027)
대표전화 02-515-2000 팩시밀리 02-515-2007
www.minumsa.com

한국어 판 ⓒ (주)민음사, 2002, 2017, 2022. Printed in Seoul, Korea

ISBN 978-89-374-6061-6 04800
ISBN 978-89-374-6000-5 (세트)

세계문학전집 목록

세계문학전집은 계속 간행됩니다.